Alle Wege führen nach Bristol

Alle Wege führen nach Bristol

Vivien Gföller

Bibliografische Information der Deutschen Nationalbibliothek: Die Deutsche Nationalbibliothek verzeichnet diese Publikation in der Deutschen Nationalbibliografie; detaillierte bibliografische Daten sind im Internet über dnb.dnb.de abrufbar.

Verlag:

BoD · Books on Demand GmbH, In de Tarpen 42,

22848 Norderstedt

Druck:

Libri Plureos GmbH, Friedensallee 273,

22763 Hamburg

ISBN: 978-3-7597-7826-0

Inhaltsverzeichnis:

Für alle die nicht das können, was ich konnte.

Für alle, die sich nicht trauen.

Für alle, die nicht in der Lage sind Geschichten
entstehen zu lassen

Mit dem richtigen Umfeld, den richtigen Leuten, ist
alles möglich!

Vivien Gföller

Liebe Leserschaft....

... Solltet ihr bezüglich meines Buches Fragen oder Meinungen haben, könnt ihr dieses gerne bei Amazon oder anderen Plattformen rezensieren, um mich auf mögliche Fehler oder Korrekturen hinzuweisen. Ich habe immer ein offenes Ohr für Kritik und freue mich als 14-jährige Autorin auf ein ehrliches und offenes Feedback eurerseits!

Viel Spaß beim Lesen!

Vivien Gföller

Tag 1

„Könntest du die Musik bitte aufdrehen?", fragte mich Theodore. „Klar." Ich lehnte mich nach vorne und drehte die Musik auf. Die klassischen Klaviertöne füllten das ganze Auto in einer entspannten Atmosphäre, auch wenn wir gerade alles andere als entspannt waren. Heute waren die letzten Staatsexamina und ich hatte eine Heidenangst. Theo auch, aber er war im Prüfungsthema viel besser als ich. Huh. Ich atmete einmal tief aus und lehnte mich zurück in den Ledersitz des Autos. „Alles okay?", fragte mich Theo mit einer hochgezogenen Augenbraue und warf mir einen kleinen Seitenblick zu. Ich nickte fest und betete innerlich einfach, dass ich mich gut genug auf diese Prüfung vorbereitet hatte. Nervös knetete ich meine Finger, während Beethoven laut durchs Auto hallte. Unmerklich wippte ich leise im Takt mit, um mich etwas zu beruhigen. „Die Polizei hat den Geiselnehmer G verhaftet. Er weigert sich hartnäckig, das Versteck der Geisel preiszugeben. Polizist P fürchtet um das Leben der Geisel, die ja nun unversorgt an einem unbekannten Ort gefangen ist, und entschließt sich nach einigem Zögern, dem G körperliche Gewalt anzudrohen, wenn er das Versteck der Geisel nicht verrät. Nachdem P drastisch geschildert hat, zu welchen Mitteln er greifen würde, nennt G den

Aufenthaltsort der Geisel – die daraufhin lebend befreit werden kann. Durfte P zur Rettung der Geisel so handeln oder hat sich P wegen Nötigung (§ 240 Abs. 1) strafbar gemacht?", las ich laut aus dem Aufgabenheft des Examens vor und Theo machte eine abfällige Handbewegung. „Die hatten wir doch schon mindestens zehn Mal." „Das ist mir egal. Genau diese Frage wird vielleicht kommen, also beantworte sie gefälligst", konterte ich und stieß ihm leicht in die Seite. Er wehklagte mit einer gespielten Miene und kniff die Augen leicht zusammen. „§ 240 StGB (Nötigung): Wer einen Menschen rechtswidrig mit Gewalt oder durch Drohung mit einem empfindlichen Übel zu einer Handlung, Duldung oder Unterlassung nötigt, wird mit bestraft.", sagte er wie aus der Pistole geschossen und ich verdrehte grinsend die Augen. Er hatte die Aufgabe in genau denselben Worten wiedergegeben, wie sie im Aufgabenheft stand. Eins musste ich ihm schon lassen. In der Rechtswissenschaft kannte er sich sehr gut aus. Selbst die Professoren loben ihn stets für sein juristisches Talent, während ich in der Mittelliga blieb. Mir machte das nichts aus. Ich freute mich für ihn. Ich hoffte nur, dass ich ihm in seiner Karriere nicht im Weg stehen würde. „Wir sind bald da", sagte mein Freund und ich versteifte mich augenblicklich. Ich hatte ein gewisses Problem damit, wenn ich im Stress war. Meist vergaß ich eine Frage zu beantworten oder erlitt ein Blackout. Entstanden war diese Sache bereits in meiner frühen Schulzeit. Ich hatte keine netten oder verständnisvollen Lehrer gehabt und hatte teilweise, während des Unterrichts Panikattacken gehabt, und die Lehrer hatten mir partout nicht geglaubt, dass es mir schlecht gegangen war. Theo parkte seinen Opel Corsa im letzten freien Parkplatz und sprang auf, um mir kurz darauf die Beifahrertür galant aufzuhalten. „Madame, jetzt fängt der Spaß erst richtig an", sagte er gut gelaunt. „Ach hör doch auf", seufzte ich und konnte nicht ganz glauben, wie Theo so ruhig bleiben konnte. Vielleicht weil er keine schlechten Chancen hatte, diese Prüfung mit 100 Prozent zu absolvieren. Ich widmete mich anderen Gedanken, wie zum Beispiel meinen neugekauften seidenen, dunkelblauen Hosenanzug glattzustreichen. „Du siehst exzellent aus", sagte Theo und drückte leicht meine Hand. Ich sah ihn dankbar an. Dieser Tag würde für uns schwer genug sein.

Als ich gegen zwei Hand in Hand mit Theo aus dem Gebäude trat, überfielen mich die Eindrücke der Umwelt, die ich in den letzten Tagen nicht wahrgenommen hatte. Plötzlich erschien mir die Welt wie eine andere, eine bessere. Ich lächelte glücklich und grinste Theo an. „Wir haben es geschafft!!", quietschte ich vergnügt, als könne ich erst jetzt erfassen, was wir vollbracht hatten. Ich fiel überglücklich in seine Arme, denn egal was für ein Resultat meine Prüfung haben würde, wusste ich, dass ich nun fertig war.

Zur Feier des Tages gingen wir in ein schickes Restaurant in der Stadt mit unseren Familien essen. „Wir stoßen auf unsere zukünftigen Anwälte an! Mögen sie alles bekommen, was sie sich erhoffen und noch viel mehr!", sagte Theos Mutter Elke und ich lächelte sie dankbar an. Wir stießen an und johlten kurz auf, bevor wir uns in die Arme fielen. Sehr viel Zeit hatte ich in den letzten Jahren vor dem Schreibtisch verbracht. Die Pause hatten wir uns nun wirklich verdient. Bevor die Ergebnisse im September veröffentlicht werden würden, hatten wir beschlossen eine kleine Reise nach England, Spanien und Italien zu unternehmen. Mehr war für uns als Studenten nicht drin, aber ich freute mich unheimlich auf den Urlaub, welcher mein erster seit sieben Jahren sein würde.

„Danke für den schönen Abend", sagte ich etwas verlegen und umarmte Theo zögerlich. Nach dem Abendessen und einigen hitzigen Politikdebatten hatte mich Theo heimgefahren und hatte deshalb auch auf den Anstoß mit Alkohol verzichtet. „Nichts zu danken. Ich sage danke." Er sah mir fest in die

Augen. „Pack morgen noch und ich hole dich gegen zehn ab, in Ordnung?", fragte er mich und ich nickte, voller Vorfreude. Ich sah ihm noch lange hinterher, auch als sein hellblauer Corsa bereits hinter der Kurve verschwunden war. Erst als die Sonne hinter dem Hügel am Horizont unterging und mir langsam kalt wurde, schloss ich die Wohnungstür auf und ging zu Bett.

Tag 2

Am nächsten Morgen stand Theo, pünktlich wie der Maurer um zehn mit unserem Frühstück in der Hand vor meiner Haustür und lächelte mich erwartungsvoll an. „Bist du bereit für die Reise deines Lebens?", fragte er mich und ich bejahte lächelnd. Ich bat ihn herein und wir aßen das Frühstück, welches er mitgebracht hatte am Küchentisch in aller Eile, da unser Zug nach Rom in 40 Minuten fuhr. Am Zeitmanagement mussten wir noch arbeiten, dachte ich mir, während Theo mit einem Croissant in der Hand und meinem Koffer in der anderen zum Auto lief. „Komm, wir müssen los", rief Theo durchs Stiegenhaus und seine Stimme hörte sich ein bisschen gemuffelt an, vermutlich hielt er das Croissant mit den Zähnen. Ich lächelte vor mich hin und schloss die Haustür. Ein-, zwei-, dreimal drehte ich den Schlüssel im Schloss um und trabte die Stiegen hinunter. Unten wartete Theo, angelehnt ans Auto auf mich und wir stiegen ein. Ich blickte auf meine Armbanduhr und bevor ich irgendetwas sagen konnte, drückte mein Freund aufs Gas und ich wurde in den Sitz gedrückt.

„10:00 Departure leaving from Vienna Central railway station to Rome. 10:00 Uhr Abfahrt von Wien Hauptbahnhof nach Rom.", tönte die laute, monotone

Computerstimme durch den Wiener Hauptbahnhof. „Komm, wir müssen uns beeilen", rief ich Theo über meine Schulter zu. Dieser trug zwei Koffer und einen schwer aussehenden Rucksack und schwitzte Schweiß und Wasser. Ich lachte und griff nach einer der Taschen. „Auf keinen Fall, Madame", sagte er schweißnass, aber wie immer ein Gentleman und hielt die Taschen von mir weg. Ich ließ von ihm ab und hielt ihm die Zugtür offen. Im letzten Moment stiegen wir ein, bevor die Türen sich schlossen und wir uns in Bewegung setzten. Wir setzten uns in ein freies Abteil und ich holte pflichtbewusst unsere Tickets aus meiner Hosentasche. „Fahrkartenkontrolle. Bitte zeigen Sie mir Ihre Fahrkarten", sagte eine grimmig aussehende Fahrkartenkontrolleurin. Ein Stück besser gelaunt als sie, drückte ich ihr unsere Tickets in die Hand, die sie prüfend untersuchte, als hoffe sie einen ungültigen Ausweis vorliegen zu haben. Da dies augenscheinlich nicht der Fall war, verließ sie unser Abteil wieder. „Was möchtest du in Rom als Erstes tun?", fragte ich Theo und hielt meine Antwort auf diese Frage fest in meinem Kopf umklammert und hoffte, dass er eine Gegenfrage stellen würde. „Ich würde am allerliebsten zuerst eine Pizza essen gehen. Und du?", fragte er verschmitzt. Ich jubilierte innerlich und antwortete, wie aus der Pistole geschossen: „Ich möchte das Kolosseum besichtigen!" „Natürlich, ich hätte es mir denken können. Seit Wochen redest du nur vom Kolosseum." Er lächelte mich an und ich lächelte zurück. „Das hast du ganz richtig erfasst, Herr Detektiv", stellte ich fest. Dann zog ich ein Buch aus meinem Rucksack, lehnte mich an Theo und tauchte in die märchenhafte Welt des Romans ein.

„Möchten Sie etwas trinken oder essen?" Ich schlug hastig die Augen auf. Und erblickte eine Stewardess, die mit dem Essenswagen vor uns stand und fragend die Augenbraue hochzog. „Ich… Äh.. Ich hätte bitte gerne einen Cappuccino und er.." Ich blickte zu Theo, der mit einer charmanten Stimme einen schwarzen Tee bestellte. „Habe ich lange geschlafen?", fragte ich Theo. „Nur zwei Stunden. Ich habe aber dein Buch gelesen.", antwortete er. Erst jetzt merkte ich, dass mein Buch nicht mehr auf meinem Schoß lag. Theo drückte mir den Roman in die Hand und zog ein Taschentuch, welches er als provisorisches Lesezeichen verwendet hatte, aus dem Buch und gab es mir auf genau der Seite wieder, auf der ich aufgehört hatte. „Danke." Ich machte es mir wieder in seiner Armbeuge bequem und las weiter. Drei Minuten später kam die Stewardess mit unserem Kaffee und ich nahm einen tiefen Schluck. „Wie lange fahren wir noch?", fragte ich an Theo gerichtet. „Noch viereinhalb Stunden", sagte er abgelenkt von der italienischen Landschaft, die am Fenster an uns vorbeizog. Ich seufzte geschlagen. Noch fast fünf

Stunden sollte ich in diesem Zug verbringen? Ich war sowieso kein guter Reisender. Vielleicht sollte ich einfach noch ein bisschen schlafen. Ich nahm noch einen Schluck aus der Papptasse. Ich trank den Kaffee bis auf den letzten Tropfen aus und widmete mich wieder meinem Buch. Mit dem Kaffee im Magen würde ich sowieso nicht einschlafen können. „Bist du fertig geworden mit dem Buch?", fragte ich Theo wie aus dem Nichts und er schüttelte den Kopf. „Lies doch bei mir mit.", sagte ich und rückte ein Stück näher.

Die restlichen vier Fahrtstunden vergingen wie im Flug. Theo pflegte, wie er mir erst im Nachhinein erzählte, jede Seite zwei- oder dreimal zu lesen, da ich nicht unbedingt die schnellste Leserin war. Mitten im Plot Twist tönte die Ansage des Zuges, dass Rom die nächste Haltestelle wäre und ich klappte niedergeschlagen das Buch zu. Um keinen Stress zu haben, holte Theo unser Gepäck und wir stellten uns an die Tür. „Wie denkst du wird Rom sein?", fragte mich Theo und ich überlegte kurz. „Ich denke es ist ein bisschen wie Verona, nur halt in zehnfacher Größe." Theo nickte andächtig. „Warm wird es sicherlich", fügte er hinzu. Selbst durch die Türen des von Klimaanlagen gekühlten Zuges, konnte ich die gedrückte Hitze der italienischen Sonne vernehmen und hoffte innerlich, dass unser Apartment eine

Klimaanlage haben würde. Der Thermometer des Zuges zeigte eine Innentemperatur von 28 Grad Celsius und eine Außentemperatur von 35 Grad Celsius. Und das um kurz nach fünf am Abend. Mir wurde kalt und heiß gleichzeitig, als wir in die Sonne hinaustraten und ich konnte spüren, wie sich auf meiner Stirn Schweißtropfen bildeten, die an meinem Gesicht abperlten. „Huh, es ist sehr warm", keuchte ich. Wir sahen uns um und Theo drückte mir sein Handy in die Hand und bat mich uns zum Haus zu dirigieren, während er mir meinen Koffer trug. Nachdem ich uns etliche Male den falschen Hügel hinaufgejagt hatte und wir ein paar Dutzendmal falsch abgebogen waren, erreichten wir endlich unsere Bleibe. Ein kleines unscheinbares Apartment, zu welchem wir die Schlüssel im Garten unter einem Stein suchen mussten. Erschöpft ließen wir uns auf das einzige Bett sinken und dachten keine Sekunde daran zuerst unsere Sachen auszupacken. Drinnen war es etwas kühler als draußen, auch wenn der Unterschied nur fünf Grad betrug. Alle Jalousien waren heruntergelassen, sodass wir am helllichten Tage die Lichter anhaben mussten. Theo wollte die Jalousien wieder aufkurbeln, aber ich wusste genau, was dann passieren würde. Und ich wollte nicht, dass die Wohnung gleich warm war wie die Sonne untertags, deshalb blieben sie unten. Auch wenn wir das Licht nicht mehr gewohnt sein würden, sobald wir aus dem Haus hinaustreten würden. Erst nach einer halben Stunde schafften wir es uns zu regen und aufzustehen. „Können wir heute essen gehen?", fragte ich Theo, da ich weder die Lust noch die Kraft aufbringen konnte zum Geschäft zu gehen und uns etwas zu essen zu machen. „Natürlich" antwortete er und begann seinen Koffer geordnet auszuräumen. „Wieso machst du das?", fragte ich ihn. „Ich lebe den ganzen Urlaub immer aus dem Koffer. So spare ich mir die Zeit, die es braucht, den Koffer ein- und auszuräumen." Er sah mich tadelnd an und sagte: „Ich denke, dass es kein Vorteil ist, wenn man nicht ordentlich sein möchte. Aber wie du möchtest." Ich ging noch schnell ins Badezimmer, welches nicht größer als fünf Quadratmeter war und richtete meine Haare, bevor ich zurück ins Wohnzimmer ging, wo Theo bereits auf der Couch auf mich wartete. Meine Mutter nannte uns immer ein altes Pärchen, weil wir nie nach sechs Uhr abends Essen gingen. Ich konnte es einfach nicht. Theo auch nicht. Deshalb war die Sonne noch vergleichsweise hoch und die Restaurants sehr leer, als wir um kurz vor sechs eines der Gasthäuser betraten. Ein italienischer Kellner geleitete uns zu einem Tisch mit einer schönen Aussicht über die Stadt. „Schau mal, dort ist das Kolosseum!", sagte ich und deutete aufgeregt hinunter ins Tal. Tatsächlich. Auf einer kleinen Anhöhe im Herzen der Stadt befand sich das Meisterwerk der römischen Geschichte. Ich krallte mich glücklich in Theos Arm und sah ihm fest in die

Augen. „Gehen wir dort morgen hin?", fragte ich ihn. Er nickte leicht und wollte gerade den Mund aufmachen, um mir zu antworten, als sich der Kellner von vorhin vor uns stellte und in schnellem Italienisch auf uns einredete. Ich sah meinen Freund hilflos in die Augen und der zuckte nur leicht mit den Schultern. „Mi scusi, parla inglese?", fragte ich verzweifelt und hoffte, dass ich mir die Wörter richtig eingeprägt hatte. Der Gesichtsausdruck des Kellners nahm einen genervten Blick an und er drückte uns ohne die anfängliche Euphorie die englische Speisekarte in die Hand. Dann verließ er uns, ohne noch ein weiteres Wort zu sagen. „Ich würde sagen, dass der heute schon genug Touristen bedient hat. Oder du hast es falsch ausgesprochen. Vermutlich beides.", lachte Theo und ich boxte ihm in die Schulter. „Du bist gemein. Das stimmt gar nicht. Wenigstens habe ich mir die Mühe gemacht mir ein italienisches Wörterbuch zu kaufen. Schau." Ich griff in meine Handtasche und holte ein taschentuchgroßes Buch raus. Theo prustete los und japste zwischen zwei Atemzügen. „Wenn er nochmal kommt und du mit dem Wörterbuch bestellt, wird er so was von schnell kündigen wollen." Ich musste wider Willen mitlachen, weil die Situation zu lustig war. „Could I please have an Aperol Spritz and a Pizza Hawaii", fragte ich den Kellner im perfekten Englisch. Der funkelte mich an und sagte: „That is not real Pizza. No ananas on Pizza. You weird." Ich schreckte zurück, Theo lachte mich aus und ich ging hastig meine Optionen durch. Bevor ich eine von meinen Backupplänen in die Tat umsetzten konnte, drehte sich der Kellner um und rannte wutschnaubend in die Küche. Ich hörte ihn noch, wie er etwas mit einer Ananas schrie, dann war wieder Stille. „Keine Stunde in Rom und schon hetzt du dir Kellner auf den Hals? Beeindruckend.", bemerkte Theo mit einem leicht sarkastischen Unterton. Ich verdrehte, peinlich gerührt die Augen. Glücklicherweise hatte Theo vor mir bestellt, ansonsten hätte er heute vermutlich nichts mehr zu essen bekommen. „Scusi", hielt Theo den Kellner auf, nachdem er uns die Teller mit einer aggressiven Geste hingepfeffert hatte. Der sah ihn scharf an. „Could I have some Ketchup for my noodles?" fragte er. Dem armen Kellner fielen die Augen fast aus, während er meinen Freund musterte, als hielt er seine Frage für einen schlechten Scherz. War das Theos Ernst? Ketchup auf Nudeln aß er zuhause gern. Aber hier in Italien galt es, wie meine Ananaspizza, als ein Hochverbrechen dies zu bestellen. „Go out now!", schrie der Kellner und atmete schwer. Ich stand schnell auf, doch Theo hielt meine Hand fest und fragte in einem netten Tonfall dieselbe Frage. Der Kellner gab sich nach einer hitzigen Debatte endlich geschlagen und trottete zurück in die Küche, mit einer Miene, als hätte er die Hoffnung an die Menschheit verloren. Ich musste mein Lachen unterdrücken und sah Theo an. Dieses Mal war er derjenige, der etwas bedröppelt auf dem Boden sah. Zwei Minuten später tauchte der Manager mit drei Kellnern auf, die ihm folgten und uns ziemlich grimmig ansahen. Darunter befand sich auch unser ursprünglicher Kellner. Dieser würde uns heute sicherlich nicht mehr bedienen. Der Manager des Ladens kam mit der Ketchup-Flasche auf uns zu und knallte sie so dermaßen auf den Tisch, sodass mein Teller hin- und herrutschte. Dann machte die Gruppe auf Absatz kehrt und stürmte zurück in die Küche. „Oh Mann, wir bringen ja etwas Schwung in die Bude, oder etwa nicht?", fragte Theo und wischte sich über die schweißnasse Stirn. Ich konnte über diese Aussage nur lachen. Wenigstens schmeckte die Pizza herausragend.

Satt und gut gelaunt kehrten wir eine halbe Stunde später wieder in unser temporäres Heim ein. „Ich bin so müde. Können wir das Buch noch fertig lesen und dann schlafen gehen?", fragte mich Theo und ich stimmte ihm zu. Die Hitze machte mir sehr zu schaffen. Wir setzten uns zusammen auf die Couch und ich schlug das Buch auf. Die nächste halbe Stunde sagte keiner ein Wort, da wir inmitten des Plot Twists waren und die Spannung von Seite zu Seite stieg. Die noch vorhandenen Seiten zum Lesen wurden immer weniger, während die Wahrheiten des

Protagonisten massenweise ans Licht kamen. Ich hoffte und betete, dass das Buch nicht in einem Rätsel enden würde, sondern sich auflöste. Das dies nicht der Fall war erfuhren wir, als wir bei der Danksagung angekommen waren. Fünf Minuten saß jeder in seinen eigenen Gedanken versunken auf der Couch, bis ich feststellte: „Wir müssen uns den zweiten Teil kaufen." Theo nickte andächtig, noch immer gefangen im Bann des Buches. Ich stand auf, streckte mich und sah mir nachdenklich den Buchdeckel an. „Denkst du, dass italienische Buchläden uns rausschmeißen, wenn wir nach einem deutschen Buch fragen?", fragte ich ihn und er zuckte belustigt die Schulter. „Möglich wäre es. Die Italiener haben ein bisschen mehr Temperament als wir es haben." Ich nickte zustimmend. Er hatte recht. So wie immer. Wir zogen unseren Pyjama an und gingen zu Bett. Ich stellte den Wecker auf fünf Uhr – wir waren beide Frühaufsteher. Noch bevor mein Kopf das Kissen traf, war ich im Tiefschlaf, im Land der Träume.

Tag 8

Am nächsten Morgen wachte ich noch vor dem Wecker auf. Schuld daran waren die Zikaden, die sich gegen vier aufgerappelt hatten und sich nun die Seele aus dem Leibe schrien. Ich rekelte mich genüsslich, bevor ich vorsichtig die Bettdecke zurechtstrich, um Theo nicht aufzuwecken, der noch schlummerte wie ein Baby. In der Küche machte ich mir gähnend einen Kaffee und setzte mich an den Küchentisch. Bereits jetzt, zu dieser frühen Stunde, konnte ich die schwüle Hitze hinter den Jalousien vernehmen und beschloss eine Runde spazieren zu gehen, bevor das Thermometer die 30 Grad Celsius knacken würde. Ich legte Theo einen Zettel auf den Tisch und schrieb hastig:

Bin eine Runde spazieren. Komme gegen halb sechs wieder.

Bis bald

Alina

 Dann schlich ich mich auf Zehenspitzen zum Koffer, in dem ich eine Zeit lang nichts fand. Vielleicht hatte Theo recht gehabt mit der Unordnung. Egal, das war jetzt sowieso nicht zu ändern. Nach zehn Minuten trat ich hinaus in die schwüle Sonne Italiens. Mittlerweile war es kurz vor fünf. Meine Armbanduhr sagte mir, dass es 28 Grad hatte. Unfassbar. Ich ging los, in der Hoffnung nicht allzu viele Leute anzutreffen. Mein Wunsch wurde erfüllt – es schien so, als wären die Italiener Langschläfer. Gut. Ich ging den Hügel hinunter, den wir gestern mit unseren Koffern erklommen hatten und steuerte das Kolosseum an. Später würde ich es gemeinsam mit Theo besichtigen, aber ich wollte es jetzt schon sehen. Vielleicht konnte ich einen Blick nach innen erhaschen.

Ich hatte die Distanz falsch eingeschätzt. Ursprünglich war ich davon ausgegangen, dass ich zum Kolosseum nicht länger als zehn Minuten brauchen würde, aber nachdem ich eine halbe Stunde in der Stadt umhergeirrt war, da Rom nicht über die beste Beschilderung verfügte, gab ich auf und drehte um. Inzwischen war es sehr viel wärmer und ich hatte Mühe den steilen Weg zum Haus zu erklimmen. Völlig außer Puste, schloss ich leise die Tür hinter mir, auch wenn mein Atem so laut wie eine Dampflokomotive war. Glücklicherweise war Theo schon in der Küche und bereitete sich ein Brot zu, mit den Sachen, die wir noch von zuhause mitgenommen hatten. „Guten Morgen", sagte er und gähnte herzhaft. Ich gähnte gleich mit und biss dann von seinem Brot ab. „Hey, streich doch dein eigenes!", beschwerte sich Theo, aber drückte mir nur wenige

Sekunden später sein Brot in die Hand. „Danke", Ich stellte mich auf Zehenspitzen, um ihm einen Kuss auf die Wange zu plazieren. Dann duschte ich mich rasch, sodass wir zum Kolosseum gehen konnten.

„Weißt du, ich wollte heute früh auch hierher, aber ich konnte den Weg partout nicht finden", sagte ich zu Theo, als wir in die Hitze des Tages hinausgetreten waren und er soeben das Tor geschlossen hatte. „Wirklich? Na, dann müssen wir hoffen und beten, dass wir das Kolosseum finden, wenn unsere brillante Navigatorin den Weg nicht finden konnte", witzelte er. Ich schnaubte und stieß ihm leicht in die Seite.

Der Weg zum Kolosseum war lang, aber nicht sonderlich schwer zu finden. Es stellte sich heraus, dass die Beschilderung zu der Attraktion vorhanden und auch an jeder Straßenecke präsent war. „Die Schilder hast du heute früh aber nicht gesehen, oder?", fragte Theo mit einem belustigten Unterton und ich grinste verstohlen. Ich wollte eine Antwort geben, als wir plötzlich aus einer Seitenstraße heraustraten und ich das Kolosseum erblickte. „Oh, wow, das ist ja atemberaubend", stotterte ich, etwas überwältigt von der Masse und Größe des gigantischen architektonischen Meisterwerks. Theo staunte auch nicht schlecht, während mein Kiefer schon zu schmerzen begann und die Italiener uns bereits kopfschüttelnd ansahen. Mit plötzlicher Euphorie zog ich meinen Freund an der Hand weiter zum Kolosseum. Wir passierten einen automatischen Ticketautomaten und betraten das Gebäude. Wobei Gebäude hier nicht ganz passte. Zum wiederholten Male an diesem Tag, klappte meine Kinnlade hinunter, als wir durch einen alten Tunnel den Innenraum betraten. Riesige Tribünen kleideten das schüsselgeformte Amphitheater und kunstvolle Einkerbungen und Muster säumten sich an den alten, prunkvollen Wänden. Ich wrang nach Luft, schier überwältigt von der Schönheit dieses Meisterwerks. Theo legte seinen Arm um meine Schulter und ich musste ein paar Tränen verdrücken. Mein ganzes Leben lang war dies mein Traum gewesen. Einmal wollte ich dieses Amphitheater betreten haben, das hatte ich mir bereits in jungem Alter geschworen. Und nun war dieser Traum in Erfüllung gegangen. Und ich hatte es Theo zu verdanken. Er hatte die gesamte Reise finanziert. Ich schmiegte mich an Theo und er küsste vorsichtig meine Schläfe. Ich schlang meine Arme um ihn und wir verharrten in dieser Position für etliche Minuten, inmitten des berühmt berüchtigten Kolosseums von Rom. Und in dem Moment, wusste ich, dass ich der glücklichste Mensch auf Erden war.

Der Rückweg dauerte deutlich länger. Es war kurz nach zwölf und ich hatte einen Bärenhunger, ebenso wie Theo. Mit welcher Kraft auch immer, schafften wir es dann in der Mittagshitze von 40 Grad Celsius doch irgendwie wieder in die Wohnung und bewegten uns bis zum Abend nicht mehr wirklich. Abgesehen davon, dass ich auf meinem E-Book den zweiten Teil des Buches von gestern kaufte und mit Theo von vorne bis hinten durchlas, passierte an diesem Tag nicht mehr viel. Wir machten uns zum Abendessen einen Tomaten-Mozzarella-Salat – das Einzige, was bei dieser Hitze essbar war, und setzten uns mit einem vollen Bauch zurück auf die Couch, um die letzten dreißig Seiten des Buches zu lesen. Die Spannung knisterte und als ich das E-Book weglegte, sah mich Theo an und sagte: „Ich denke, wir kaufen den dritten Teil." Ich lachte und stimmte ihm zu. Es wurde dann doch eine späte Nacht, da der dritte Teil der Reihe 700 Seiten hatte und wir dieses nicht aus der Hand legen konnten. Als wir gegen halb eins schlafen gingen, stimmten wir zu, dass wir morgen ausschlafen würden. Morgen wäre unser vorletzter Tag in Rom.

Tag 4

Ich wachte trotz der späten Bettzeit erneut um kurz nach vier auf, mit drei Stunden Schlaf und zum Zerreißen gespannten Nerven. Völlig übermüdet und klatschnass geschwitzt, setzte ich mich aufs Sofa und aktivierte den Ventilator, der nicht wirklich funktionierte und öffnete zum ersten Mal seit sechs Monaten ein leeres Word-Dokument und begann zu schreiben. Bevor ich begonnen hatte, tagtäglich in jeder freien Minute zu lernen, hatte ich mich sehr gerne meinem Hobby gewidmet: Dem Schreiben. Und jetzt, da ich es wieder aufgriff, merkte ich, wie sehr es mir gefehlt hatte. Die Stille, der unstillbare Gedankenrausch, das leise Klackern meiner Tastatur, die regelmäßigen Atemzüge Theos. Alles nahm ich wahr und ich spürte, wie ein Schleier von meiner Seele fiel. Bildlich gesprochen natürlich. Ohne Pause, rauschte die Zeit an mir vorbei und als ich das nächste Mal auf die Uhr blickte, war es bereits kurz nach acht. Die Sonne spürte ich selbst durch die Jalousien. „Das ist ja nicht zum Aushalten", hörte ich Theos verschlafene Stimme vom Bett aus und drehte mich um, um zu sehen, von was mein Freund sprach. Er deutete anklagend auf die klatschnasse Bettwäsche und dann auf sein nasses Nachthemd. „Wie kann es denn jetzt schon so warm sein?", stöhnte er und ich nickte zustimmend. Es war wirklich kaum zum

Aushalten. „Also, was haben wir heute an unserem letzten Tag in Rom geplant?", fragte ich ihn, um von dem Thema abzuweichen. Schließlich konnten wir wohl kaum etwas daran ändern. „Heute besichtigen wir die sieben Hügel, auf denen Rom bekannterweise ja erbaut wurde und haben eine historische Führung bei den berühmtesten Ausgrabungen.", sagte er und ich merkte, wie mein historisches Herz Luftsprünge machte. Historisch gesehen war Rom schließlich eine der bedeutendsten Städte in Europa, vielleicht sogar der ganzen Welt. „Na, dann, worauf warten wir denn?" fragte ich ihn und sprang wie elektrisiert von der Couch auf, um loszugehen. „Jetzt warte doch auf mich. Ich bin seit keinen drei Minuten wach", beschwerte sich Theo und ich grinste nur, während ich mir mein Outfit of the day aus dem Koffer klaubte. „Ich komme ja schon. Du musst aber wissen, dass die Führung erst um zwei ist", stellte er fest. „Na toll, dann wird uns zur Mittagzeit sicher nicht zu warm werden, nicht wahr", neckte ich ihn und er verdrehte gespielt genervt die Augen. Ich ließ mich nicht unterkriegen und zog Theo an der Hand aus dem Bett. „Komm, das ist unser letzter Tag in Rom. Wir sollten ihn nutzen." „Du hast Recht", sagte Theo widerstrebend und ließ sich von mir aufziehen. Wir kleideten uns rasch an, putzen unsere Zähne und Theo machte uns Haferflocken mit Naturjoghurt. Es schmeckte gewöhnungsbedürftig, die Brombeeren, die wir aus dem Nachbarsgarten „geliehen" hatten, waren die einzige Zutat, die leicht süßlich schmeckte. Ich verzog angewidert das Gesicht, auch wenn ich dieses Mahl nahezu tagtäglich zu mir nahm. Theo bestand auf eine gesunde Ernährung und ich war sowieso nie ein Fan von ungesundem Frühstück gewesen.

Als Erstes besuchten wir einige Buchläden, in der Hoffnung, ein deutsches Buch zu finden. Wir verließen das letzte Geschäft nach dreißig Minuten und leeren Händen. „Fündig sind wir leider nicht geworden. Das heißt, wir müssen weitershoppen.", stellte Theo etwas angewidert von diesem Gedanken fest, da er Shoppen hasste. Ich lachte nur und zog ihn zum nächsten Geschäft weiter. „Was hältst du von diesem Kleid hier?", fragte ich Theo und hielt mir ein blumengemustertes Seidenkleid an den Leib. Theo verdrehte die Augen und sagte: „Ich dachte, wir shoppen heute nur Souvenirs. Selbstverständlich sieht es exzellent aus, aber so langsam verliere ich die Nerven!" Er raufte seine Haare und beschloss, dass der Shopping-Trip hiermit beendet war. Inzwischen war es kurz vor eins – wir waren den ganzen Vormittag shoppen gewesen und Theo war derjenige, der all meine Errungenschaften tragen musste. Ich erlöste ihn und suchte uns ein nettes Restaurant mit dem Hintergedanken, dass ich heute keine Pizza Hawaii bestellen würde. Ich musste unmerklich lächeln, bei dem Gedanken an den stinksauren Manager von gestern. „Versprichst du mir, dass du heute kein Ketchup zu deinen Nudeln dazubestellst?", fragte ich Theo mit einem verschmitzten Lächeln. „In Ordnung, auch wenn es mir mit besser schmeckt. Aber schließlich wollen wir heute unser Essen in aller Ruhe genießen, nicht wahr?", stellte er fest und ich sagte: „Ganz genau. Zuhause kannst du wieder deine unmenschlichen Essenskombinationen essen." „A table for two", fragte ich einen jung aussehenden Kellner am Empfang, welcher uns zu einem schönen Schattenplatz geleitete. Von dieser Position aus, konnte ich die Ausgrabung erkennen, welche unseren Anfangsort der Führung darstellte. An allen vier Seiten der Markise, die den gesamten Außenbereich des Restaurants bedeckte, qualmte Wasserdampf auf, der das Gasthaus in einer angenehmen Kühle hinterließ. „Das ist ja mal eine Erfindung, denkst du nicht?", staunte ich und Theo nickte zustimmend. Ich nickte beeindruckt und sah mir das Menü an. Das Erste, was mir ins Auge fiel, waren die Preise. Sie waren…. Naja, unerwartet hoch. 30 Euro für eine Pizza. Nicht mit mir. Da müsste sie schon vergoldet sein, dachte ich mir mit einem Kopfschütteln. Theo schien dasselbe zu denken, denn er entschied sich für einen „Insalata Caprese" und ich folgte seinem Beispiel. Lunch of Champions. Oder so etwas in die Richtung. Wir stießen mit unserem Leitungswasser auf unsere Freiheit und unsere abgeschlossenen Prüfungen an. Der Salat schmeckte hervorragend. Die Mozzarella war herrlich weich, in der Tat zerrann sie fast vollständig in der Hitze und die Tomaten waren gut gewürzt. Da wir noch immer nicht die besten im Zeitmanagement waren, mussten wir in aller Eile die höllisch teure Rechnung bezahlen, um nicht zu spät an der Ausgrabungsstätte aufzutauchen.

Wir schafften es gerade noch. Die Ziffern meiner Uhr standen auf 13:59 als wir ankamen und die Führer legten direkt los, ohne zu kontrollieren, ob jeder da war. Im zügigen Tempo erkundeten wir zuerst die alten Kerker von Rom, schmissen eine Münze in einen Brunnen, um unser Glück anzuspornen sich mehr anzustrengen und begannen unsere Erklimmung der sieben Hügel von Rom. Innerhalb von zehn Minuten waren alle bis auf die Führer, die scheinbar über höhere Mächte verfügten, klatschnass geschwitzt und keuchten wie ein Hund nach einem Halbmarathon. „Tempo, Tempo", waren die einzigen Worte, die wir von den Führern hörten, anscheinend legte man hier nicht sehr viel Wert darauf die Geschichte vorgelesen zu bekommen. In den fünf Minuten, die wir an jeder Station hatten, konnten wir entweder versuchen die altlateinischen Zeichen zu entziffern oder den Ort zu recherchieren. Da ich Latein vier Jahre lang in der Schule gehabt hatte, ging ich eigentlich davon aus, dass ich das ein oder andere Wort entziffern könnte. Aber nichts dergleichen geschah. Und so fanden wir nur wenig über die römische Vergangenheit heraus, was ich persönlich sehr schade fand. Nach einem gewaltsamen Marsch bis zur Spitze des siebten und letzten Hügels, war ich so fertig, dass ich nicht eine Sekunde daran dachte, sofort nachhause zu gehen. Denn egal wie warm es hier oben auch sein mochte, war ich partout nicht in der Lag,e einen weiteren Schritt zu gehen. Theo schien es ähnlich zu gehen. Völlig übermüdet schafften wir es um kurz nach acht am Abend zurück in die Wohnung und gingen sofort zu Bett. Einen solch anstrengenden Tag hatte ich schon lange nicht mehr gehabt. Ich blickte auf meine Armbanduhr. 35.000 Schritte. Wow. Das war ein neuer Rekord.

„Alina, komm wir müssen los. Wir haben verschlafen!", rief Theo. Ich drehte mich verschlafen um. Dann sprang ich auf und torkelte im Halbschlaf zum Badezimmer. Scheiße. Das durfte doch nicht wahr sein. „Wie spät?", schrie ich so gut es ging durch die Wohnung. „Viertel vor elf", antwortete Theo, der mit unseren Koffern in der Hand vor die Haustür rannte und mir im Vorbeirennen eine Hose und ein T-Shirt in die Hand drückte. Elegant sahen wir sicher nicht aus, während wir den Hügel zum Bahnhof hinunterrannten, in der Hoffnung unseren Zug, um halb zwölf nicht zu verpassen, aber im Moment war es mir relativ egal, dass ich nicht sonderlich schick in meinen Workout-Klamotten aussah. „Komm, schneller", feuerte ich Theo an, der ordentlich was zu tragen hatte. Ich nahm ihm seinen Rucksack ab und wir rannten den Hügel im Laufschritt hinunter. Die Italiener schrien uns hinterher und mit neuer Euphorie rannte ich weiter. „Ich….. kann…. nicht…. mehr.", keuchte Theo und wrang nach Luft, als wir endlich am Bahnhof angekommen waren. Ich hatte höllisches Seitenstechen und blickte, noch immer im Halbschlaf, auf meine Armbanduhr. Fünf Minuten vor halb zwölf. „Komm", keuchte ich. „Der Zug fährt in fünf Minuten." Ich zog meinen Freund weiter und in letzter Sekunde ließen wir uns auf die zwei freien

Sitzplätze im Zug setzten. Der Fahrtkartenkontrolleur musterte uns mit einer grimmigen Miene und schüttelte seinen Kopf genervt. Außer Puste drückte ich ihm unsere Tickets in die Hand und funkelte ihn zornig an, um ihm mitzuteilen, dass ich nicht offen für eine Debatte übers Zuspätkommen war. Mein Wunsch wurde erfüllt und der Mann verließ unser komplett volles Abteil wieder. Wir fanden keinen Platz für unsere Koffer, sodass wir stehen mussten und warteten, bis genug Leute ausgestiegen waren, um diese zu verstauen. Ich war mit meinen Nerven am Ende und hoffte inständig, dass ich nichts in der Wohnung vergessen hatte. Meine Augen schmerzen, um genauer zu sein schmerzte mein gesamter Körper und deshalb lehnte ich mich an Theo und sank in einen tiefen Schlaf.

„Nächste Haltestelle Wien Hauptbahnhof, Österreich, 10 Kilometer.", hörte ich eine monotone Stimme durch meine vernebelten Sinne. „Komm Alina, hier müssen wir raus", drängte Theo und rüttelte meine Schulter. „Ich komme schon" murmelte ich und rappelte mich gähnend auf. Der Tag konnte doch nur besser werden. Das dachte ich mir dann noch. Ich packte meinen Koffer und meinen Rucksack und stand auf. Wir drängten uns in die Menge des Wiener Hauptbahnhofes hinaus. Es herrschte reges Treiben und wir wurden in der

Menge getrennt. Erst nachdem ich zehn Minuten ziellos nach ihm gesucht hatte, fand ich Theo wieder und zog ihn beiseite. „Meine soziale Batterie ist so gut wie leer. Können wir nach Hause?", fragte ich ihn und Theo stimmte mir zu. Mittlerweile war der Sonnenuntergang bereits angebrochen, ich hatte die gesamte Zugfahrt durchgeschlafen. „Irgendetwas ist mit meinem Schlafrhythmus kaputt", murmelte ich Theo leise zu, während wir uns in Theos Auto setzten, welches er glücklicherweise in der Tiefgarage neben dem Hauptbahnhof geparkt hatte. Auch wenn es in Rom wunderschön gewesen war, freute ich mich wieder zuhause zu sein. Während die Landschaft der Wiener Vorstädte an uns vorbeizogen, merkte ich, wie ich wieder einnickte und unternahm keinen Versuch, wach zu bleiben.

Tag 6

Als ich aufwachte, fühlte sich mein Kopf merkwürdig dumpf an. Ich öffnete meinen Mund, um etwas zu sagen, aber keine Worte kamen heraus. Meine Lider waren verklebt, ich konnte sie nicht öffnen. Meine Stimme krächzte, ich hörte Leute, konnte aber niemanden wahrnehmen. Noch während ich mich fragte, wie ich hierhergekommen war, glitt ich zurück in eine chaotische, wirre Traumwelt.

Tag 7

Als ich am nächsten Tag aufwachte, fühlte ich mich keinen Deut besser. Im Gegenteil – ich fühlte mich schlechter, viel schlechter. Meine Kehle war wie raues Sandpapier und meine Nase war unweigerlich verschlossen. Meine Lider flatterten, ein jämmerlicher Versuch meine Augen zu öffnen. Als ich es endlich geschafft hatte, erblickte ich Theo und um ihn herum weiße Wände. Wo war ich? „Wo bin ich?", krächzte ich und hoffte, dass Theo meine Frage verstanden hatte. „Du bist im Wiener Krankenhaus, Alina. Du hast eine Sonnenallergie erlitten und hattest einen kompletten Kreislaufkollaps." Er sah mich mitleidig an. Krankenhaus. Kreislaufkollaps. Ich konnte mich im entferntesten Winkel meines Gehirnes daran erinnern von Theo irgendwohin getragen worden zu sein. Und je mehr ich mich bemühte mich zu erinnern, desto weniger wusste ich. Ich sackte zurück ins Kissen und blickte auf die Decke. „Wie lange habe ich geschlafen?", fragte ich, als würde seine Antwort von Relevanz sein. Unser Urlaub war vermutlich abgesagt worden und mir ging es nicht gut. Ich fühlte mich schrecklich. Nicht nur physisch. Sondern auch psychisch. „Eineinhalb Tage", murmelte Theo gedämpft. Entkräftet drehte ich mich zur Seite und hörte noch, wie eine Krankenschwester sich bei meinem Freund entschuldigte und mir eine Nadel in den Arm injizierte. Es war, als briet man mir eine Pfanne über den Kopf, denn ich sank augenblicklich in einen tiefen Schlaf, sobald die kühle Flüssigkeit meine Venen durchströmte.

Tag 8

„Guten Morgen Sonnenschein", hörte ich eine leise Stimme dumpf. Ich nahm sie in meinem Unterbewusstsein wahr, konnte jedoch weder respondieren noch meine Augen öffnen oder mich bewegen. Ich war zum Warten verdammt. Es war, als hätte meine Seele meinen Körper verlassen, denn ich hörte alles, ich sah alles, aber ich konnte nichts tun. Ich verharrte so für Minuten, Stunden, Tage? Ich weiß es nicht. Es spielte auch keine Rolle. Ich hörte die Ärzte, die besorgt miteinander tuschelten, meine Verwandten und Theo, die mich anflehten aufzuwachen, aber es machte keinen Unterschied. Ich wachte nicht auf. Ich war noch nicht so weit. Mein Körper war erschöpft. Ich war fertig. Zumindest bis auf Weiteres.

Tag 9

Ich schlug die Augen auf. Helles Sonnenlicht durchflutete das Zimmer und blendete mich. Instinktiv schloss ich meine Augen erneut, nur um sie sofort wieder aufzumachen. Theo saß in einem Sessel mir gegenüber und lächelte mich erfreut an. „Guten Morgen Sonnenschein. Hast du lange genug geschlafen?", fragte er. Ich nickte, obwohl mir bewusst war, dass er eine rhetorische Frage gestellt hatte. „Was.... Was hatte ich?", fragte ich ihn mit kaum hörbarer Stimme. „Du hattest eine Sonnenallergie und Verbrennungen zweiten Grades. Der Sonnenstich hat dich extrem müde gemacht, aber nichts Schlimmes. Ein routinemäßiger Krankenhausaufenthalt, mehr nicht.", sagte Theo und so langsam fiel mir alles wieder ein. „Wann werde ich entlassen?" „Erst morgen, sie wollen noch ein paar Tests machen", erklärte mein Freund und drückte mir ein Glas Wasser in die Hand. „Kann ich keinen Kaffee haben?", fragte ich und Theo antwortete mit einem verschmitzten Grinsen auf meine mehr oder weniger rhetorische Frage. Einen Kaffee hätte ich trotzdem gerne gehabt. „Ist der Urlaub abgesagt?", traute ich mich zu fragen, wohl wissend, dass mir die Antwort nicht gefallen würde. „Ja, aber wir können ihn nachholen. Den Flug nach Spanien haben wir verpasst, aber nach England können wir trotzdem, wenn du dich gut genug dafür fühlst.", sagte er und ich nickte geschlagen. England war besser als nichts. Mir gefiel der Gedanke daran, dass wir unseren Spanien-Urlaub nicht mehr stornieren konnten, nicht. Aber was solls. Ändern konnte ich es nicht. „Kannst du mir ein Buch besorgen?", fragte ich meinen Freund. „Sonst sterbe ich noch durch Langeweile." Theo nickte und verließ mich mit einem Kuss auf die Wange. Ich schaute zum ersten Mal seit meinem Kreislaufkollaps auf mein Handy und es fiel mir fast ins Gesicht, als ich das Datum erkannte. Ich hatte viereinhalb Tage geschlafen? Nein. Das konnte doch nicht sein. Entkräftend sank ich zurück ins Kissen und wartete, bis Theo mit zwei Büchern und meinem Handy-Ladekabel in der Tür auftauchte und mir Gesellschaft leistete, indem er sich das Buch schnappte, welches ich nicht las und Seite für Seite mit mir las. Die Stunden vergingen und plötzlich war es früher Abend. „Herr Thompson, Sie müssen nun gehen. Die Besucherzeiten enden jetzt leider", sagte meine Krankenschwester Isabell und geleitete meinen Freund nach draußen. Ich winkte ihm noch hinterher, bis man mir mein Abendessen brachte, welches aus Nudeln bestand. Ich schaufelte das warme Essen in den Mund, so ausgehungert wie ich gewesen war, und fragte meine Krankenschwester zwischen zwei Bissen, wann man mich morgen entlassen würde. „Ab neun bist du wieder ein freier Mensch. Hoffentlich sehen wir uns dann eine Zeit lang nicht mehr", antwortete diese mit einem freundlichen Lächeln und ich bedankte mich für ihre Auskunft. Dann wurden die Zentrallichter ausgeschalten und da ich bereits wieder müde war, legte ich mich auf die Seite und nickte innerhalb von wenigen Minuten wieder ein.

Tag 10

„Hallo, ich würde gerne aus dem Zimmer 301 auschecken.", sagte ich zur beschäftigt aussehenden Sekretärin am Empfangstresen. „Zimmer 301. In Ordnung. Schönen Tag Ihnen noch", wünschte sie mir und ich schnappte mir erleichtert meinen Rucksack. Draußen wartete Theo und empfing mich mit einem Kaffee. „Damit du mir nicht nochmal einnickst", erklärte er mir. „Darf ich das überhaupt trinken?", fragte ich ihn belustigt, woraufhin er mich gespielt entsetzt ansah. „Denkst du, ich würde dir etwas geben, das dein Ernährungsberater nicht zugelassen hat?" Er hob seine rechte Augenbraue. „Nicht dein Ernst, oder? Hast du wirklich mit meinem Ernährungsberater gesprochen?", fragte ich. Er nickte stolz. Wow. Ich hatte nicht einmal gewusst, dass ich einen Ernährungsberater gehabt hatte. „Komm, zuhause wartet dein Bett und ein ganzer Stapel Bücher auf dich", sagte Theo und hielt mir galant die Beifahrertür auf, sodass ich bequem einsteigen konnte. Ich sah mich neugierig um. Es hatte sich in den sechs Tagen nichts geändert. Bis auf den Fakt, dass es leicht nieselte und ein kalter Wind umherwehte. „Woher kommt das schlechte Wetter?", wunderte ich mich, da man mitten im Juli meistens besseres Wetter hatte. Theo zuckte ahnungslos mit den Schultern. „Keine Ahnung. Dafür sollten wir morgen Sonnenschein und 30 Grad haben", schnaubte er. Ich schüttelte entsetzt den Kopf. Ein wahres Auf und Ab des Wetters. Theo fuhr langsam los, während es immer heftiger zu schütten begann. „Das Wetter ist ja interessant heute", stellte ich fest, Theo antwortete jedoch nicht, sondern starrte mit zusammengekniffenen Augen auf die Straße vor uns. Mittlerweile schüttete es wie aus Eimern und Theo konnte vermutlich nicht sehr viel auf der Straße sehen. Endlich, nach einer halbstündigen Fahrt, die mir viel länger vorkam, erreichten wir mein Elternhaus. Meine Mutter stand mit einem Regenschirm bewaffnet im Parkplatz und dirigierte Theo, da er aus dem Fenster kein Stück erkennen konnte. Ich umarmte zuerst meine Mutter, dann meinen Bruder, der aus dem Haus gekommen war, um uns nach innen zu geleiten. Wir quetschten uns alle unter einen Schirm und ließen uns von meiner Mutter ins Hausinnere eskortieren. „Alina-Schätzchen, wie geht es dir?", fragte sie und drückte mir überschwänglich einen Kuss auf die Wange. „Ganz gut, denke ich", antwortete ich und trocknete mich mit einem warmen Handtuch ab. „Komm, komm, wir haben Frühstück vorbereitet." Das Wohnzimmer war kunstvoll gedeckt, die Servietten gefaltet und es sah aus, als hätte ich soeben geheiratet und nicht, als wäre ich von einem kurzzeitigen Krankenhausaufenthalt entlassen worden. Wir setzten uns zu Tisch und begannen zu essen. Ich strich mir ein Brot und aß ein Haferflocken-Joghurt. Theo nahm kritisch meine Auswahl unter die Lupe, und erst als ich seine Zusage bekommen hatte, durfte ich abbeißen.

Satt und gut gelaunt fuhren wir eine Stunde später zu mir, damit ich mich ein bisschen ausruhen konnte. Ich legte mich sofort ins Bett – morgen würde ich zu packen beginnen, denn am darauffolgenden Tag ging es nach England. Theo verließ mich, nachdem er sich versichert hatte, dass es mir gut ging, sodass ich in aller Ruhe entspannen konnte. Nachdem ich die Haustür in die Angel fallen hörte, zog ich mich um und legte mich ins Bett. Es war erst kurz nach 12, aber da der Regen, der draußen laut prasselte, mich müde machte, legte ich mich schlafen.

Tag 11

Mein Wecker schrillte um zehn. Ich stand relativ unmotiviert auf und putzte mir die Zähne. Dann aß ich ein Brot und stellte mich, die Hände in die Hüften gestemmt vor meinen Kleiderschrank, um Kleidung für den kommenden Urlaub zusammenzupacken. Ich suchte mir ein paar Blusen aus, probierte zahlreiche Blazer an und entschied nach einer Stunde, dass ich eine Pause brauchte. Alles, was ich bis jetzt geschafft hatte, war den Kleiderschrank auseinanderzunehmen. Ich begutachtete die Blusen, die ich auf dem Boden verstreut hatte. Dann vergrub ich mein Gesicht in meinen Händen und holte einmal tief Luft. Nein, das war gelogen. Ich saß sicher ganze fünf Minuten in meinem Berg voller Klamotten, bis ich mich dazu aufraffen konnte, weiterzupacken. Bis jetzt bot mir mein kleiner Koffer gähnende Leere. Ich seufzte geschlagen und schmiss wahllos meine liebsten Blusen, Hemden und zwei Blazer in diesen. Obendrauf packte ich drei Paar Hosen. Ich hoffte innerlich, dass ich nichts vergessen hatte, machte mir allerdings keine Sorgen. Nach getaner Arbeit setzte ich mich in die Küche und schrieb an meinem Buch weiter. Inzwischen hatte ich die 3000 Wörter geknackt. Ich gab mir selbst ein High Five, und merkte erst im Nachhinein wie miserabel sich das angehört haben musste. Gegen drei besuchte mich

Theo und brachte mir ein Stück herrlichen Käsekuchen mit, den ich mit Genuss verzehrte. „Freust du dich auf morgen?", fragte ich ihn zwischen zwei Bissen. Theo nickte, auch kauend und er schluckte, um mir zu Antworten. „Wir fahren morgen mit dem Auto zum Flughafen, gegen fünf, in Ordnung? Ich hole dich ab." Ich nickte. „Okay, dann muss ich jetzt los, fertig packen. Bis Morgen!" Er stand auf und wusch seinen Teller kurz ab, bevor er diesen in die Spülmaschine stellte. „Bis morgen", rief ich ihm hinterher und aß mein Frühstück/Mittagessen zu Ende. Als ich endlich alles zusammengepackt hatte, verschanzte ich mich zurück auf die Couch und las ein Buch. Die Zeit verging und innerhalb von drei Stunden hatte ich das dünne Buch zu Ende gelesen. Ich öffnete mein Notizbuch, in welchem ich akribisch eintrug, welche Bücher ich bereits gelesen hatte und welche noch ausstanden. „Der Junge auf dem Berg, John Boyne", murmelte ich leise vor mir hin, während ich den Buchtitel und Autor sorgfältig aufschrieb. Zufrieden klappte ich das kleine Notizbuch, welches mich seit meiner Maturaübergabe begleitete und blickte auf die Uhr. 15:37. Ich beschloss mir vor dem Abendessen noch einen Film anzusehen und dann vor sieben schlafen zu gehen. Gesagt, getan. Um sieben lag ich mit einem vollen Bauch im Bett und glitt in einen tiefen, langen Schlaf.

Tag 12

Mein Wecker schrillte bereits um kurz vor zwei in der Früh, aber ich war schon lange hellwach. Die Vorfreude auf ein unbekanntes Land hatte mich gepackt. Mit neuer Euphorie aß ich meine scheußlichen Haferflocken und ging gegen drei in der Früh noch kurz ins Gym.

Zuhause wieder angekommen trug ich meinen Koffer vor die Haustür und setzte mich auf die kalte Stiege und wartete auf Theo. Er ließ nicht lange auf sich warten und drückte mir bei der Begrüßung ein Croissant in die Hand und verstaute meinen Koffer im Kofferraum. Ich setzte mich auf den Beifahrersitz und wir fuhren los. „Und? Wie viele Bücher hast du dieses Mal mitgenommen?", fragte mich Theo belustigt und ich kniff ihm leicht in den Arm. „Nur fünf. Schließlich wollen wir nicht nur zuhause sitzen und lesen. Auch wenn ich das gerne mache." Aber dafür war der Urlaub zu teuer gewesen. Wir verharrten die restliche Fahrt in Schweigen, was vermutlich den frühen Morgenstunden zuschulden war. Am Flughafen angekommen, parkten wir das Auto und luden gähnend die Koffer aus. „Möchtest du dir einen Kaffee holen, vor dem Flug?", fragte mich Theo und ich bejahte. Einen Kaffee brauchte ich wirklich. Ich setzte mich zu zwei freien Sitzen am Eingang und wartete auf Theos Rückkehr. Seite an Seite nippten wir den Kaffee und checkten dann die Taschen ein. Jetzt, um fünf in der Früh, war nichts am Flughafen los und so konnten wir innerhalb von einer halben Stunde alle Security-Checks als abgeschlossen betrachten. Im Flugzeug angekommen, erklärte uns eine freundlich aussehende Flugbegleiterin wie wir uns verhalten mussten. Bis auf uns, schließlich waren wir noch nie geflogen, achtete niemand auf sie, was mich etwas störte. Sie machte doch auch nur ihren Job. Das Flugzeug kam langsam ins Rollen und ich krallte mich in Theos Arm fest, als wir immer schneller wurden und schließlich abhoben. Ich drückte nervös meine Augen zusammen, während ich mich innerhalb von wenigen Sekunden komplett verspannte. Der Druck in meinen Ohren war kaum auszuhalten. Theo drückte mir wortlos einen Kaugummi in die Hand, dieser solle beim Druckausgleich helfen. Und auch wenn ich Kaugummi verabscheute, nahm ich ihn dankend an, in der Hoffnung, dass dieser Reisetipp der Wahrheit entsprach. Den gesamten Flug über saß ich wie auf heißen Kohlen und dachte nicht im Traum daran mich zu bewegen, paranoid wie ich war. Nach einer gefühlten Ewigkeit neigten sich die zwei Flugstunden dem Ende zu und ich konnte wieder erleichtert aufatmen. Unter mir sah ich die malerische Landschaft Englands und starrte die restliche Fahrt wie gebannt aus dem Fenster. Als wir landeten und ein enormer Druck in meinen Ohren entstand, hielt ich mich an Theos Hand fest, dem dieses Geschehen augenscheinlich auch nicht ganz geheuer war. „Wir haben es geschafft.", stellte ich atemlos fest, während wir in Fahrtgeschwindigkeit zum Parkplatz fuhren. Theo nickte andächtig. „Unseren ersten Flug haben wir hinter uns", antwortete er. Ich lehnte mich an meinen Freund, ermüdet vom ganzen Flugstress. Ich war froh, endlich wieder festen Boden unter den Füßen zu haben, als wir ausstiegen und neben den gigantischen Motoren zum Flughafen gebracht wurden. Dort holten wir unser Gepäck und stellten uns zum Mietwagenservice. Es dauerte eine geschlagene Stunde, bis wir drangenommen wurden und alle organisatorischen Dinge bezüglich des Autoverleihes in England klärten. „Möchten Sie eine Zusatzversicherung von 200 Pfund, die Ihnen alle Kosten eines Schadens zahlen wird?", fragte uns der Autohändler mit einem schmierigen Lächeln. „Nein danke, ich denke nicht, dass wir das Auto innerhalb von zehn Tagen beschädigen werden.", antwortete mein Freund und ignorierte dabei gekonnt die Grimasse, die der Mann schnitt. Er überreichte uns den Autoschlüssel und gab uns indirekte Anleitungen, wie wir zum Auto gelangen konnten. Nachdem wir mehrmals durch den Parkplatz gelaufen waren, half uns ein wesentlich freundlicher Mann zu unserem Auto. Ein kleiner VW Polo. Wir stiegen ein und Theo musste sich zuerst an die linke Straßenseite gewöhnen, bevor wir auf den Highway hinausfuhren.

Nachdem Theo einige Male beim Blinken die Scheibenwischer aktiviert hatte, gewöhnte er sich ans Fahren. Plötzlich ging alles ganz schnell. Ich tippte den Standort des Apartments in mein Handy ein und sah den LKW nicht, der von der rechten Seite auf uns zufuhr. Theo, der eigentlich Vorfahrt gehabt hatte, fuhr weiter. Der LKW krachte in unser Auto, zerfetzte die komplette Fahrerseite, mitsamt Theo. Der Wagen ging in Flammen auf und ich bekam im Unterbewusstsein mit, wie Feuerwehrsirenen schrillten und wie mein Körper von Flammen zerfressen wurde.

Teil 2

Tag 13

Krankenschwester Jennifer

Southmead Hospital

Heute wurde eine junge Frau, Anfang zwanzig mit Verbrennungen eingeliefert. Sie habe einen Unfall an einer Kreuzung gehabt. Ihre Begleitperson und auch der Fahrer starb während des Unfalles. Mehr sagten mir die zuständigen Ärzte nicht, mehr musste ich auch nicht wissen. Schließlich musste ich mich nur um sie kümmern. Zimmer 301. Ich beschleunigte meine Schritte, um schneller dort zu sein. Ich arbeitete erst seit drei Monaten hier und diese Frau würde meine erste richtige Patientin sein. Ich ging noch zur „Med School" in Bristol und freute mich unheimlich auf meine kommende Karriere. Vor dem Zimmer angekommen las ich mir nochmal die Beschreibung von dem Mädchen durch. Inzwischen hatte man ihre ID gefunden. Sie hieß Alina Strass, war 23 Jahre alt und hatte vor zwei Wochen ihr letztes Staatsexamen an der Universität Wien abgeschlossen. Nach England war sie mit ihrem Freund Theodore Heather gekommen, um ihren Abschluss zu feiern. Sie tat mir leid. Ich drückte die Türklinke hinunter und betrat den hellen, leeren Raum. In der Mitte des Zimmers stand ein Bett, auf welchem ein blasses, brünettes Mädchen mit leicht geöffnetem Mund schlief. Am Herzmonitor konnte ich einen stabilen Puls erkennen. Ich atmete tief ein. Man hatte mich zwar darüber informiert, dass meine Patientin ins künstliche Koma versetzt worden war. Aber das jetzt in Echt zu sehen, wie das Leben eines Menschen an einem künstlichen Beatmungsmonitoren hing, war etwas ganz anderes. Darauf hatte man uns in der Universität nicht vorbereitet. Darauf konnte man uns nicht vorbereiten. Ich seufzte und sah mir den Behandlungsplan, welcher an ihrem Bett klebte, genauer an und versorgte ordnungsgemäß die unzähligen Verbrennungen, die Alinas gesamten Körper bedeckten. Kein einziges Stück Haut war verschont geblieben. Es wunderte mich wie sie diesen Unfall überhaupt überleben hatte können. Vorsichtig, um ihre Haut nicht zu schädigen, schmierte ich eine spezielle Heilsalbe auf ihren ganzen Körper. Heute würde sie eine langwierige, schwere Operation haben müssen, morgen eine weitere. Da sie im künstlichen Koma lag, war es leichtes, die Frau OP-fertig zu machen. Innerhalb von zehn Minuten war meine Arbeit getan. Ich räumte alles zusammen, verstaute meine Utensilien und injizierte eine künstliche Nahrungszufuhr mittels einer Nadel in ihren Arm. Ich checkte alle elektronischen Geräte und verließ dann etwas aufgeregt den Raum.

Elisabeth Anderson

Chirurg, spezialisiert auf Verbrennungen, Southmead Hospital

„Patient kann hereingelassen werden!" sagte ich. Meine Stimme hallte laut im OP-Saal, während die zuständige Krankenschwester, eine Studentin namens Jennifer, die Patientin ins Zimmer rollte. Ihr gesamter Körper war über und über bedeckt mit Verbrennungen, Brandblasen und teilweise bis auf die Knochen verbranntes Fleisch. „So Team, heute wagen wir uns an eine große Aufgabe!" Ich setzte mir ein zweites Paar steriler Handschuhe auf, während ich die Vorgehensweise erläuterte. Mein Chirurgen-Team war mit dieser einverstanden und so legten wir los. Die zerstörte Haut, die mögliche Tumorzellen enthalten könnte, wurde vollständig entfernt und durch Transplantate ersetzt. Die Verbrennungen wurden behandelt und die offenen Wunden zusammengeflickt. Nach unfassbaren sechs Stunden, sah das Mädchen wieder ein ganzes Stück besser aus. Aufgrund des Faktes, dass wir sie auf unbestimmte Zeit im künstlichen Koma lassen würden, hatte sie keinerlei Grund in den Aufwachraum gehen zu müssen und so dirigierte ich die Krankenschwester zurück zu ihrem Zimmer. Ich zog mich um, verstaute den dreckigen Kasack im Wäschekorb und reinigte meine Arme. Dann verließ ich den Saal, um die organisatorischen Dinge mit dem zuständigen Polizeioffizier zu besprechen. „Gibt es neue Informationen zum Fall „Alina Strass?", fragte ich den Polizeioffizier, der vor dem OP-Saal auf mich gewartet hatte. „Ein routinemäßiger Autounfall. Es war weder die Schuld des LKW-Fahrers noch die Schuld des Autofahrers Theodore Heather. Ich nickte reserviert. „Ist sie schon aufgewacht?", fragte der Polizist mit einer undurchdringlichen Miene. „Nein, und das wird sie in naher Zeit auch nicht tun. Wir müssen etliche Operationen durchführen, noch dazu wäre der Stress ihres verstorbenen Freundes zu viel von ihr verlangt. Alleine schon bei ihrem Zustand. Wir wissen nicht, ob sie sich je wieder richtig bewegen können wird." Ich legte eine kurze Pause ein. „Könntest du die Familie des Verstorbenen und der Verletzten kontaktieren? Da Alina auf der Intensivstation noch sehr lange verweilen werden muss, kannst du dazu sagen, dass der erste Besuch voraussichtlich in wenigen Monaten stattfinden kann." Der Polizist nickte ernst und entfernte sich. Ich seufzte tief. Wie würde die Familie von Theos reagieren? Ich hatte den Polizisten gefragt, ob er diese missliche Tat für mich erledigen konnte, da es mir das Herz brach, das Herz anderer zu brechen. Ich ging zurück in den sterilisierten OP-Saal und richtete alles für die nächsten Operationen her. So hart es sich auch anhören musste, war Alina mehr oder weniger gesund, sodass ich mich anderen Patienten widmen, die einen langen Weg in Kauf genommen hatten, um von mir behandelt zu werden.

Jennifer

Am Abend ging ich gegen sechs Uhr noch ein letztes Mal zur Kontrolle und zur „Fütterung" zum Zimmer 301. Auch wenn sie mich nicht hören konnte, klopfte ich, höflich wie ich war, an die Türe und trat nach einer geschlagenen Minute ein. „So Alina, das Essen wird bis auf weitere Zeit nichts Besonderes sein, aber man hat mir gesagt, dass du gerne liest. Ich dachte, dass ich dir jeden Abend ein Kapitel vorlesen kann. In Ordnung?" Ich wartete nicht auf ihre Antwort, wie denn auch, und injizierte eine Nadel sorgfältig in ihre Hauptader am Arm. Kein einziger Bluttropfen spritzte, und ich lobte mich innerlich dafür. Leise summend, setzte ich mich auf einen Stuhl und holte mein Buch heraus. „Ich habe meinen Freund umgebracht. Aber ich hatte einen guten Grund…….."

Tag 14

Jennifer

Eigentlich hatte ich heute nicht sonderlich viel geplant. Meine Schicht fing erst um 17:00 an, da ich am Abend für eine Nachtschicht eingeteilt worden war. Aus diesem Grund war ich ziemlich verwirrt gewesen, als mein Diensttelefon klingelte, und das mitten in der Nacht. Verschlafen griff ich nach dem Telefon und sprang augenblicklich auf, als ich die Stimme des Anrufers erkannte. Der Chefarzt! Während ich ihm halb zuhörte, putze ich mir rasch die Zähne und schmiss mich in Schale. Im Gehen zog ich mir meine Socken an und schnappte mir im Vorbeigehen die Autoschlüssel und eine Banane. Im Auto leuchtete die Uhr am Armaturenbrett hell. 3:17. Ich seufzte, fuhr aber zügig los, um diese Sache so schnell wie möglich hinter mir zu haben.

Am Parkplatz war inzwischen ein ganzes Stück weniger los als noch vor neun Stunden. Ich parkte, stieg aus und betrat das Gebäude im Laufschritt. Der Chefarzt persönlich empfing mich und geleitete mich und eine weitere müde aussehende

Krankenschwester in das Zimmer Alinas. Am Telefon hatte er nur gesagt, dass sie aufgewacht war. Wie das passiert war, wusste keiner. Mit gehetztem Blick sah uns Alina an, als wir eingetreten waren und die Türe hinter uns schlossen. Sie öffnete ihren Mund mehrmals, aber es kamen augenscheinlich keine Wörter raus. Ich ging beruhigend auf sie zu und setzte mich ans Bettende. Die junge Frau begann zu zittern und ich erkannte, wie sich dicke Tränen in ihrem Augenwinkel ansammelten. „Hey, alles ist gut. Okay, vielleicht ist nicht alles gut. Aber du bist in Sicherheit. Dir wird es besser gehen. Ich verspreche es. Du wirst eine exzellente Anwältin werden, okay?", sagte ich und nahm vorsichtig ihre eiskalte, zitternde Hand. Sie ergriff meine Hand fest, fester als ich es von ihr erwartet hätte, und fragte mich mit zitternder Stimme: „Ist er wirklich tot?"

Alina

„Ist er wirklich tot?", fragte ich erneut, diesmal mit einer deutlich zitternden Stimme. Ich fürchtete mich vor der Antwort, ich wollte es eigentlich gar nicht wissen, ich wollte keine Gewissheit haben, dass mein Freund für immer fort war. Und doch musste ich es wissen. Nicht für mich. Für ihn. Die jüngste der Drei, die soeben zuvor meine Hand ergriffen hatte, ich las Jennifer an ihrem Namenszeichen, schüttelte nach einer kurzen Pause kaum merklich ihren Kopf, als könne sie damit den Unfall ungeschehen machen. Obwohl ich es tief in meinem Inneren gewusst hatte, obwohl ich mir geschworen hatte, dass ich mir keine Hoffnung machen durfte, zerstörte diese Krankenschwester mit ihrer Aussage ein Stück meines Herzens, obwohl ich davon ausgegangen war, dass es bereits kaputt war. Tränen verschleierten mir die Sicht, ich merkte wie ich mit einer plötzlichen Kraft nach der Lampe, dem nächstbesten Gegenstand griff und sie gegen die Wand drosch. Ein-, zwei-, dreimal. Und noch einmal. Ich schrie meine Trauer durchs Zimmer und spürte nur noch, wie man mir eine Nadel in den Arm injizierte und wie ich ins weiche Kissen zurücksank.

Ich erwachte, als die Sonne bereits wieder langsam unterging. Ich versuchte mich zu bewegen und scheiterte kläglich. Um meinen Bauch hatte man einen Gurt montiert, vermutlich damit ich keine Lampen mehr durchs Zimmer schmiss. Ich lächelte unwillkürlich und schalt mich sofort dafür. Theo war tot und ich lächelte? Theo? Tot? Nein das konnte nicht sein. Ich machte mir keine Mühe meine hilflosen Schluchzer zu verbergen und heulte los. Erst als ich mir übers Gesicht wischen wollte, merkte ich, dass mein gesamter Körper in Bandagen eingemummt war. Selbst meine Finger waren einbandagiert. Ich konnte mich nicht erinnern, diese Verbände gestern, beziehungsweise heute früh gesehen zu haben. „Jennifer?", schrie ich, da ich nicht wusste, was ich ohne meine Bewegungsfreiheit tun sollte. „Ja?", sagte eine helle Stimme. Erschrocken tauchte Jennifer hinter einer Ecke wie aus dem Nichts auf und rannte auf mich zu. „Ich muss dir Schmerzmittel verabreichen", stellte sie fest und zeigte auf den fast leeren Beutel, der an meinem Arm befestigt war, den ich erst jetzt bemerkte. „Warum?", fragte ich sie dumpf. Es interessierte mich nicht wirklich, ich brauchte einfach etwas zum Nachdenken. Etwas anderes als Theo. Bei dem Gedanken an meinen Freund schluchzte ich kurz auf, was Jennifer mit einem Seitenblick anmerkte. Sie druckste ein paar Sekunden lang herum, bis sie schließlich sagte: „Weißt du, dir geht es nicht so gut. Um ehrlich zu sein, würdest du deine reellen Schmerzen ohne Schmerzmittel derzeit nicht überleben. Täglich müssen wir Operationen durchführen, damit du ein intakter Mensch werden kannst. Wir konnten nur Bruchstücke deines ehemaligen Ichs aus dem Feuer retten." Ich sah sie mit schockgeweiteten Augen an. Meinte sie das ernst? Vielleicht scherzte sie. Das konnte ich mir bei ihrer Miene aber nicht wirklich denken. „Soll ich dir etwas vorlesen?", fragte sie mich. Ich nickte geschlagen. Etwas Besseres konnte ich sowieso nicht machen. „Aber warte, ich habe eine bessere Idee. Kann ich dir von Theo erzählen? Ich denke es würde mir helfen.", fragte ich sie und kam mir vor wie bei meiner Therapeutin zuhause in Wien. Zuhause? Wo war das? Bei Theo. Und wo war Theo? Jennifer nickte zögerlich. „Also Theo und ich lernten uns in der Uni kennen. Universität Wien, Rechtswissenschaften. Ich war ein hoffnungsloser Fall, konnte nichts, fiel nicht auf und war nichts besonders. Bis Theo kam. Theo war lustig, ernst, loyal, nett, aufmerksam und so viel weitere Dinge. Am Anfang habe ich ihm klipp und klar gesagt, dass er sich eine Beziehung zwischen uns abschminken könne. Er hat dies nicht eingesehen und mir jeden Tag eine Rose geschenkt, bis ich letztendlich eingewilligt habe, mit ihm auf ein Date zu gehen. Und was soll ich sagen? Es war wunderbar. Er tröstete mich, brachte mich zum Lachen, heiterte mich tagtäglich auf, wenn ich eine Prüfung verhauen hatte. Und wenn ich mir meine Studienzeit jetzt im Nachhinein ansehe, kann ich mit Gewissheit sagen, dass ich diese ohne Theos Anwesenheit sicher nicht geschafft hätte. Theo ist wegen mir sogar nach Wien gezogen. Er lebte eigentlich in Graz und studierte nur ein Semester auswärts in meiner Uni. Aber er verlängerte die Studienzeit bei mir und zog dann ein Monat später in eine Wohnung zehn Minuten zu Fuß von mir entfernt ein." Ich legte eine kurze Atempause ein. Jennifer sah mich aufmerksam an. „Wir sind dann um unseren Abschluss zu feiern nach dem letzten Staatsexamen nach Rom gefahren und dort zwei Tage geblieben. Oder waren es drei?" Ich hörte den Anflug von Panik in meiner Stimme, voller Angst meine letzten Erinnerungen mit Theo zu verlieren. Jennifer hörte diese wohl auch, denn sie schmiss mir kurzerhand eine Tablette in den Mund und quetschte an meinem Hals herum, bis ich spürte, wie die Tablette meine Kehle hinuntergeschluckt wurde. Ich funkelte sie wütend an und setzte zu einer Schimpftriade an, als ich, wie ausgeknockt zusammensank. Ein weiterer Schlaf für heute. So langsam hatte ich es leid.

Tag 15

Elisabeth Anderson

„Entschuldige bitte, dass ich es erst jetzt hierher schaffe. Wie geht es ihr? Die Operationen können wir jetzt nicht mehr durchführen, entweder wir setzen sie wieder ins Koma oder wir warten eine Woche. Wie konnte das überhaupt passieren?", fragte ich die zuständige Krankenschwester Jennifer, die nervös ihre Hände knetete. „Ich.. Ich weiß es leider nicht Doktor", stotterte sie und sah auf den Boden. „Du verbringst die meiste Zeit mit ihr. Denkst du, dass sie offen wäre für eine weitere Koma-Angelegenheit?", fragte ich sie. Einfacher konnte ich die Frage nicht formulieren. Glücklicherweise schien das Mädchen meinen Wink mit dem Zaunpfahl endlich gesehen zu haben, denn sie antwortete erleichtert: „Ich denke nicht, dass sie offen für ein weiteres künstliches Koma wäre." „Gut, dann möchte ich, dass sie bis nächsten Montag 8:00 ständig Schmerzmittel zur Verfügung hat und sie sich nicht einmal im Bett umdreht. Wir können nicht riskieren, dass ihre Transplante reißen. Du bist die Verantwortliche, in Ordnung? Ich verlasse mich auf dich." Ich sah sie prüfend an. Sie nickte hastig. Ich entließ sie mit einem Wink, dem sie dankend folgte. „War ich wirklich ein solch schlechter Arzt?", fragte ich mich, während ich in den achten Stock fuhr, um eine ältere Dame zu operieren. Ich schob diese Gedanken weg und ging an die Arbeit.

Jennifer

„The history book on the shelf is always repeating itself. Waterloo, I was defeated, you won the war.," sang ich aus voller Kehle. "Waterloo, promise to love me for evermore!" Ich wippte im Rhythmus des Liedes mit und lachte, vor Glück beschwipst. Ich hatte Feierabend, ich würde heute meine Familie besuchen und musste erst übermorgen wieder in die Klinik. In meinem Kopf ging ich alle Dinge durch, die ich in der Klinik noch zu erledigen hatte. Ich hatte Alina mit Schmerzmittel versorgt, ihren Unfallsbericht für die Polizei ausgefüllt und bei einer kleinen Operation assistiert. Gut, ich hatte alles erledigt. Der kleinste Ausrutscher konnte nicht nur mich feuern, sondern auch meinen Patienten töten. Ein kalter Schauer lief mir den Rücken hinunter. Das würde in den nächsten neun Monaten nicht passieren, schwor ich mir. Ich bog in meinen Parkplatz ein und sprang aus dem Auto. Dann griff ich nach meinem Schlüssel, um aufzusperren, nur fand ich keinen. Suchend durchwühlte ich meine Taschen und entleerte diese aufs Autodach. Bis auf mein Handy und Kleingeld fand ich nichts. „Scheiße", murmelte ich und sprang wieder ins Auto. Plötzlich fiel es mir siedend heiß wieder ein, wo meine Schlüssel waren. Im Aufbewahrungsraum der OP! Frustriert fuhr ich los und ärgerte mich zum wiederholten Mal darüber, dass mein Hausschlüssel nicht bei meinem Autoschlüssel hing. Dann wäre mir sein Verschwinden sofort aufgefallen. Nach einer halbstündigen Fahrt stampfte ich genervt wieder ins Krankenhaus, übermüdet und sauer auf mich. Die Empfangsdame, die mich tadelnd anblickte, ignorierte ich und rannte direkt in den OP-Saal. Dort angekommen durchwühlte ich die Aufbewahrungskästchen und fand zum Glück meine Schlüssel. Diesen fest umklammert, ging ich im langsameren Tempo als zuvor wieder zurück zum Parkplatz. Ich passierte dabei das Zimmer 301. Alinas Zimmer. Ich lehnte mein Ohr an die Tür, um zu hören, ob sie leise schlummerte. Verständlicherweise schreckte ich zurück, als ich Schmerzensrufe hörte. Ich knallte die Tür auf und sah in Alinas schmerzgeweiteten Augen. Ich blickte zum Beutel, beziehungsweise zum Ort, wo ein Beutel hängen sollte, und rannte dann auf sie zu. Nervös nestelte ich einen frischen Beutel voll mit Morphium aus der abgesperrten Apotheke im Zimmer und verband diesen mit ihrem Port. Erleichtert ließ ich mich zurück in einen Sessel sinken, als Alinas Gesicht einen entspannteren Ausdruck annahm. „Das.. Das war ein Patient", stotterte sie, nun nicht mehr in Schmerzen, aber scheinbar gefangen in einer Schockstarre. „Wer denn Alina?", fragte ich vorsichtig. Wer würde ihren Beutel, gefüllt mit Morphium stehlen? Ich griff nach meinem Diensttelefon und rief den Chefarzt an, der sich nach dem zweiten Klingeln meldete. „Was gibt es denn? Ich dachte ich habe dich früher heimgeschickt?", fragte er als Begrüßung. Ich erläuterte ihm kurz und knapp die Situation, woraufhin der Arzt mir versicherte, in fünf Minuten bei uns zu sein und legte auf. „Wer war es denn?", fragte ich Alina erneut. „Hast du ihn erkannt?" Sie seufzte schwer. „Ich.. Ich habe niemanden erkannt. Ich habe nur den plötzlichen Schmerz gespürt. Du hattest Recht. Ohne Schmerzmittel wäre ich schon längst tot." Sie senkte ihren Blick und um mein Herz spürte ich einen Anflug von Mitleid. Ich schob diese von mir weg und setzte mich zu ihr ans Bett. Die Minuten verstrichen und ich betete innerlich nur noch, dass der Chefarzt endlich kommen würde. Alina zitterte noch immer aufgrund der Schmerzen am ganzen Körper und klammerte sich krampfhaft am Bett fest. Ich versuchte sie zu beruhigen, aber brachte kein Wort raus. Und so warteten wir in Stille, Seite an Seite, bis der Chefarzt ins Zimmer gestürmt kam und sich suchend umsah, als könne er damit den Morphium-Klauer identifizieren. „Ist alles in Ordnung?", fragte er mich. „Sind ihre Blutwerte stabil? Ist ein Transplant gerissen?", fügte er hinzu und ich verneinte letzteres. Der Rest erklärte sich von selbst. „Gut, dann können Sie gehen. Eine gute Nacht. Man wird sich um Alina gut kümmern." Ich nickte geschlagen und warf meiner Patientin einen letzten Blick zu, den sie mit einer unerkennbaren Miene standhielt und verließ das Zimmer. Dann trottete ich müde zum Auto und fuhr endlich nach Hause.

Tag 16

Alina

Ich erwachte mit einem dumpfen, vernebelten Kopf. Um mich herum schien alles zu schwirren, ich vermutete, dass ich halluzinierte. Und noch immer saß mir der Schock in den Knochen von gestern Abend, als meine Schmerzmittel geklaut worden waren. Ich war Jennifer unendlich dankbar, dass sie so tollpatschig gewesen war, ihre Schlüssel im Krankenhaus zu vergessen. Sonst wäre ich jetzt vielleicht nicht einmal mehr am Leben. Ein kalter Schauer rann mir den Rücken hinunter. Die Zeit verstrich langsam, bis Jennifer im Türrahmen auftauchte und mich schüchtern anlächelte. „Hallo", sagte sie leise. Ich nahm ihre Begrüßung zur Kenntnis, hatte allerdings weder die Kraft noch die nötige Motivation Small Talk zu führen. Jennifer schien es mir nicht übel zu nehmen und setzte sich an ihren üblichen Platz. Sie seufzte kurz angebunden und strich sich eine widerspenstige Haarsträhne hinters Ohr. „Geht es dir wieder besser?", fragte sie und setzte damit den Small Talk fort, da wir beide wussten, dass es mir nur halbwegs gut ging, da ich 24/7 an Schmerzmitteln hing. „Habt ihr den

Patienten gefunden, der mich fast umgebracht hätte?", fragte ich sie ohne große Umschweife. Jennifer sah auf ihre Hände, strich sich zum wiederholten Male den Kasack glatt und schüttelte dann beschämt den Kopf. Ich seufzte schwer. Leider konnte ich mich nicht an den Einbrecher erinnern. Ich hatte geschlafen, bis meine Nerven plötzlich nach Hilfe geschrien hatten. Es war, als würde mein gesamter Körper unter Feuer gestanden haben. Und es war schrecklich gewesen. Zu wissen, dass es mir körperlich so schlecht ging, war angsteinflößend. Ich hatte gedacht, mein letztes Stündlein habe geschlagen. Jennifer griff nach meiner Hand und ich packte sie fest. Ich brauchte etwas, woran ich mich festhalten konnte. Ein Fels in der Brandung. „Wann beginnen meine Operationen?", fragte ich sie. Die junge Krankenschwester sah mich überrascht an, vermutlich hatte sie nicht gedacht, dass ich wüsste, was man mit mir vorhatte. „Ich bin nicht dumm. Es ist klar, dass ihr mich früher oder später zusammenflicken müsst", fauchte ich sie an. Beinahe sofort tat es mir wieder leid und ich ließ wieder von ihr ab. Der harmonische Moment zwischen uns und die Ruhe war entschwunden und Jennifer stand auf. Ich war zu stolz mich zu entschuldigen und so ließ ich sie gehen. Den restlichen Tag verbrachte ich damit, Pläne für meine Zukunft zu schmieden, da ich nun ohne Theo ein neues Leben führen würde. Plötzlich stieß ich, mehr durch Zufall, auf die rettende Idee.

Gewagt, höchstwahrscheinlich komplett unmöglich für eine solch miserable Anwältin, beziehungsweise einer Anwältin to be, aber ich beschloss es zu wagen. Ich hatte schließlich nichts mehr zu verlieren, oder? Zufrieden machte ich mich daran, alles für meine Zukunft bis ins kleinste Detail zu planen.

Tag 17

Ich entschuldigte mich bei Jennifer. Nachdem sie den gesamten Tag über wie eine kranke Schildkröte durchs Zimmer gekrochen war, nervte es langsam und ich versuchte sie aufzumuntern. Es gelang mir, denn sie strahlte mich mit einer solchen Freude an, als ich mich zu Wort meldete. „Es tut mir auch leid, dass ich so dumm war und nie wirklich geantwortet habe. Natürlich bist du nicht dumm. Morgen ist deine nächste Operation", quietschte sie vergnügt, als wäre dieser Fakt ein Anlass zum Feiern. Ich verdrehte die Augen und fragte sie, ob sie mir ein Blatt Papier und einen Stift besorgen konnte. „Nein, am besten einen Stapel Blätter, wenn möglich.", rief ich ihr noch hinterher, während sie meiner Aufforderung bereits Folge leistete. Jennifer platzte atemlos und nach Luft ringend aber dafür einen Stapel Blätter und einen Stift in der Hand, mitten in ein Gespräch mit mir selbst hinein. Ich griff nach den Sachen, bedankte mich und stritt alle Unterhaltungen mit mir selbst ab, die Jennifer ansprach. Dankbar war ich ihr trotzdem.

Am Abend durfte ich zum ersten Mal ein mehr oder weniger festes Mahl zu mir nehmen. Ich erwartete gespannt die ersten reellen Nahrungsmittel, die ich seit meinem Unfall essen würde. Ich wurde direkt enttäuscht, als Jennifer freudestrahlend mit einem Babyfutter auf mich zukam. Angewidert wandte ich mich ab. „Hier kommt ein kleines Flugzeug.", stichelte Jennifer und ahmte Flugzeugbewegungen mit dem vollen Löffel nach. Ich verdrehte erneut die Augen und biss mit wenig Begeisterung fest auf den Löffel. Es schmeckte erstaunlich gut und ich aß die gesamte Schüssel ohne Pause. Jennifer, die mich füttern musste, kam kaum hinterher. Nachdem ich das gesamte Essen hinuntergetilgt hatte, fühlte ich mich zwar schlecht, wollte mir selbst allerdings unbedingt beweisen, dass ich in der Lage war ein festes Mahl zu mir zu nehmen. „Gut gemacht", lobte mich Jennifer und brachte meine Schüssel in die Küche. Ich kam mir vor wie ein dreijähriges Kind, was bei meinem Zustand auch völlig in Ordnung war. Zumindest versicherte Jennifer mir dies. Sie war überraschend naiv, was meine Gesundheit anging. Oder sie tat nur so. Ich tippte eher auf letzteres. Wissen konnte ich es aber nicht. Also beließ ich die Gespräche bei dem langweiligen Small Talk. Einer Person, der ich nicht vertrauen konnte, aus welchem Grund auch immer, hatte in meinem Privatleben nichts zu suchen. So war das. Heute montierte Jennifer auf meinen Wunsch hin einen E-Book-Ständer und eine Fernbedienung für mein Kindle. Es sah zwar sehr komisch aus, aber wenigstens hatte ich somit endlich einen nützlichen Zeitvertreib. An meine Familie hatte ich lange nicht mehr gedacht, fiel mir auf, während ich anfing ein Buch zu lesen. „Hey Jennifer, wurde meine Familie schon angerufen?", fragte ich meine Krankenschwester. „Ja, sie wurde kontaktiert", antwortete sie nach einigem Hin und Her. Mehr sagte sie nicht. Ich auch nicht. Wenn man mir nichts sagen wollte, war das vielleicht auch besser so. „Wie lange werde ich hier in Bristol bleiben müssen?", fragte ich sie. Jennifer zuckte mit den Schultern. „Ich weiß es nicht. Derzeit bist du ja auf der Intensivstation nach deiner Entlassung besteht immer die Gefahr, dass deine Transplante reißen könnten. Dann musst du immer in diese Klinik kommen, da deine Chirurgin die Einzige ist, die alles über deine Transplante weiß. Ich nickte gefasst. Das hatte ich erwartet. Dann würde ich halt nach Bristol ziehen. In Wien hielt mich sowieso nichts. Diese Entscheidung fasste ich sehr spontan, wusste allerdings, dass sie bald der Wahrheit entsprechen würde. Wenn ich mich immer in der Nähe dieses Krankenhauses befinden würden müssen, hatte ich nicht sehr viel Spielraum. Dann widmete ich mich wieder meinem Buch und wünschte ich könnte so sein wie die Protagonistin. Deren größte Probleme waren das Studium und ihre Karriere. Look at me, dachte ich mir und schmunzelte leicht.

Tag 18

Sonnenschein durchflutete mein Zimmer und ich hätte garantiert ausschlafen können, wären meine Ärzte nicht um kurz vor acht in mein Zimmer gekommen. Still und schweigend richteten sie mein Frühstück her. Es war schon lustig ihnen zuzusehen, aber ich wusste, dass ich bald kenntlich machen musste, dass ich wach war. Ich räusperte mich etwas verlegen und beinahe augenblicklich sahen mich neun Augenpaare erwartungsvoll an. „Wann beginnt die Operation?", fragte ich ungeduldig, da ich es nicht ertragen konnte, im Mittelpunkt zu stehen. Ein hagerer Arzt vermutlich um die 50 Jahre alt, antwortete mit einer nasal klingenden Stimme: „In einer halben Stunde. Zuerst müssen wir dich herrichten. Dein Frühstück kannst du nach der Operation einnehmen." Ich nickte dümmlich und kam mir vor wie bei einer Produkteerklärung. Ohne noch weiter über dieses Thema nachdenken zu können, trat der Arzt auf mich zu und rammte mir vorsichtig eine fingerdicke Nadel in den Arm. „Hey, das war gemein..", sagte ich und konnte gerade noch meine Aussage unterstreichen, bevor ich in die Vollnarkose glitt.

Jennifer

Ich durfte heute bei Alinas Operation anwesend sein. Und ich freute mich. Man hatte mich eingeteilt, um bei den Transplanten zu helfen. Ich hoffte, dass alles reibungslos verlaufen würde und vollzog als allererstes die Grundreinigung. Dann zog ich mir einen frischen Kasack an und schleuste mich in den OP-Saal ein. Für diese langwierige Operation hatte man uns einen der größten Säle zugeteilt, sodass ich ordentlich etwas zu tun hatte, alles von A nach B zu bringen. Als alles an seiner Stelle stand, gab ich das Startsignal und spürte, wie mein Bauch Purzelbäume veranstaltete. Ich freute mich auf meine erste assistierende Operation mit einer Transplant-Einsetzung. Bisher hatte ich immer nur zusehen dürfen. Ich unterdrückte mein Grinsen und setzte ein professionelles Gesicht auf. Die Chirurgen betraten den Raum und schoben Alina hinein. Sie war noch immer einbandagiert, sodass man mich bat, ihre Beine freizulegen und die anderen Ärzte sich um den Rest kümmerten. Es war nicht einfach Alinas schmale Beine auszubandagieren, ohne eines der Transplante kaputt zu machen. Nach zehn Minuten war ich klatschnass geschwitzt und sendete ein Stoßgebet gen Himmel, als ich endlich fertig war. Die Ärzte legten los, fragten mich im Sekundentakt nach dies und jenem und werkelten an Alina herum. Ich staunte nicht schlecht. Innerhalb von einer Stunde, wurden alle Transplante durch neue, bessere ersetzt und die Verbrennungen mit speziellen Behandlungen, bei welchen ich den Raum verlassen musste, behandelt. Nach sechs Stunden beauftragte mich die zuständige Chefchirurgin damit die junge Frau ins Aufwachzimmer zu begleiten und ihr Gesellschaft zu leisten, während sie sich von der Vollnarkose erholte. Ich folgte ihrer Aufforderung und geleitete Alina in den Aufwachraum, der sich direkt neben dem OP-Saal befand. Dort wartete ich schweigend neben ihrem Bett und regte mich nicht, bis sich Alina zum ersten Mal bewegte. Sie drehte sich stöhnend um und ich eilte im Laufschritt auf sie zu, um sie in eine Seitenlage zu bringen, in der ihre frischen Eingriffe nicht beschädigt werden konnten. Das ganze Prozedere wiederholte ich etliche Male und war nach zwei Stunden entsprechend nass geschwitzt. Eine Pause machte ich nicht, ob es daran lag, dass ich nicht wusste, ob man dies durfte oder ob das am Fakt lag, dass ich noch keine richtige Ärztin war und mich somit ständig beweisen musste, dass ich diese Stelle verdient hatte, wusste ich nicht. Als nach drei Stunden endlich Alinas Augenlider leicht flatterten und ihr Puls stabiler und schneller wurde, sendete ich ein Stoßgebet gen Himmel. Eine weitere Minute hätte ich es nicht mehr in diesem Raum ausgehalten. „Alina, kannst du mich hören?", fragte ich die junge Frau, in der Hoffnung noch vor sechs Uhr hier loszukönnen. Ansonsten würde ich zu spät zu meinem ersten Date seit langer Zeit kommen. Ich biss mir nervös auf die Unterlippe. Ich trat zögerlich auf sie zu und sprach sie erneut an. Endlich respondierte sie mit einem schwachen Nicken. Ich drückte leicht gegen ihre Halsschlagader, um ihren Puls zu fühlen. „Ist… Ist die OP vorbei?", fragte sie mich und ich nickte beruhigend. „Ja, du hast es für heute geschafft. Ich bringe dich auf dein Zimmer und dann kannst du weiterschlafen, in Ordnung?" Sie nickte geschlagen und ich atmete unmerklich erleichtert aus. Rasch brachte ich Alina zurück auf ihr Zimmer und zog mich in ihrem Badezimmer rasch um. „Gehst du heute auf ein Date?", fragte sie unverfroren, als ich das Badezimmer verließ. „Wieso denkst du?", fragte ich, verblüfft über ihren Scharfsinn. Sie deutete wortlos auf mein Outfit und ich sah an mir hinunter. „Etwas too much, denkst du nicht?", wandte sie ein. Ich nickte nach kurzem Zögern. „Ich weiß einfach nicht, was ich anziehen sollte", jammerte ich. „Es ist so lange her, dass ich auf ein Date mit irgendjemanden gegangen bin." Alina nickte angestrengt, als suche sie nach einer Solution zu meinem Problem. „Du kannst was von mir haben", sagte sei, als wäre es kein großes Ding. Ich aber wusste, dass diese Sache für Alina alles andere als einfach war. Ihr Koffer war aus Metall und war somit bei dem Brand verschont geblieben. Bisher hatte sie sich nicht getraut auch nur einen einzigen Blick in den

Koffer zu werfen. „Wirklich?", fragte ich und wog die Möglichkeit kurz ab, bevor ich mich selbst zurechtwies. Ich sollte ihre Kleidung nehmen? Nein, soweit durfte ich nicht sinken. Wobei sie bei meinem Outfit nicht ganz unrecht hatte. Ich sah alles andere als normal gekleidet aus. Ich hatte mich mal wieder komplett falsch eingeschätzt, schließlich kannte ich mein Date aus dem Krankenhaus. Was würde dieser von mir denken, wenn ich in einem schicken Abendkleid auftauchte? „Ich meine, verstehe mich nicht falsch, das Kleid ist hübsch, aber du kennst diesen Typen von der Arbeit", sagte sie, ließ den Satz so stehen und führte damit meine Gedanken aus. „Woher hast du das jetzt gewusst?", fragte ich sie in einem Anflug der Neugierde, schließlich konnte sie das nicht gewusst haben. Sie deutete erneut, ohne ein Wort zu sagen, auf meinen Planer. „Du hast meinen Planer gelesen?", fragte ich geschockt und griff schnell nach meinem Buch. Sie zuckte mit den Schultern. „Es gibt hier nichts Besseres zu lesen", beklagte sie sich und ich verdrehte die Augen. Böse konnte ich ihr natürlich nicht sein. Eine waschechte Detektivin oder so etwas. In ihrer Akte war etwas mit Rechtswissenschaften gestanden. Ich kannte mich in diesem Gebiet nicht aus, also beließ ich es damit. Ob sie mit den Rechtswissenschaften weitermachen würde, fragte ich mich. „Wirst du noch immer Anwältin werden?", fragte ich. Alina ignorierte meine Frage diskret, also tat ich auch so, als hätte ich

sie nie gestellt. „Ziehst du dich jetzt um, oder nicht?",
fragte sie keck und sah mich über den Brillenrand
ihrer Lesebrille hinweg an. Ich lief rot an und öffnete
etwas beschämt ihren Koffer. Alina sah betont
freundlich weg, während ich eine schicke, schlichte
Bluse anprobierte, die wie angegossen passte. Ich
wählte eine Anzugshose aus und zog ein Paar ihrer
High Heels an. „Wow Mädchen, woher hast du diese
tollen Sachen?" Ich staunte nicht schlecht, als ich mich
umdrehte und eine völlig neue, seriöse, aber trotzdem
diskrete Frau aus dem Spiegel zu mir sah. Ich
begutachtete mein Outfit und drehte mich mehrmals
um die eigene Achse. „Verbring mehr Zeit mit mir",
lachte Alina. „Dann erzähle ich dir vielleicht, wo ich
diese tollen Klamotten kaufe. „Jetzt musst du aber
schleunigst los. Dein Tim wartet wahrscheinlich
schon." Sie zwinkerte mir zu und ich verdrehte die
Augen. Vor dieser Dame konnte ich keine
Geheimnisse haben. Ich sollte mich besser daran
gewöhnen. „Danke", sagte ich im Hinausgehen und
warf ihr Kusshändchen zu. Alina winkte ab und legte
sich zurück ins Bett. Ein bisschen komisch fühlte ich
mich schon dabei, die Sachen meiner Patientin zu
tragen, aber nachdem Alina mir versicherte hatte,
dass es ihr nichts ausmachte, hatte ich beschlossen,
das Beste daraus zu machen. Und Alina hatte recht
gehabt. Ich war tatsächlich etwas spät dran, als ich an
unserer ausgemachten Location ankam. Wie macht

sie das, fragte ich mich, während ich im eiligen Laufschritt ins Restaurant ging.

Tag 19

Alina

„Wie war dein Date?", fragte ich, direkt, nachdem Jen, wie ich sie inzwischen nannte, den Raum betreten hatte. „Es.. Es war ganz gut, denke ich. Ich weiß es nicht. Es ist schon so lange her. Ich kann das sehr schlecht beurteilen", stotterte sie. „Okay, erkläre mir, was er gemacht hat", sagte ich und setzte mich aufrecht hin. Es war in gewisser Weise schon traurig, dass Jennifers Liebesleben das interessanteste in diesem Krankenhaus war. Mit hochgezogener Augenbraue sah ich meine neue Freundin erwartungsvoll an. „Er hatte Blumen dabei und hat auch bezahlt", begann sie. „Wir haben die ganze Zeit normal Small Talk geführt, bis er dann gefragt hat, ob wir noch einmal auf ein Date gehen wollen, weil es ihm anscheinend gefallen hat, und dann bin ich ein bisschen überreagiert und habe mich entschuldigt und bin dann einfach gegangen." Ich sah sie überrascht an. „Also hatte er keine reelle Chance deinen Teil der Rechnung nicht zu zahlen?", klärte ich auf. Jennifer nickte beschämt. „Ist das schlimm? Habe ich es kaputt gemacht? Ich meine, er ist ganz nett, ich weiß nicht was in mich gefahren ist." „Stopp, stopp", schnitt ich sie ab. „Er scheint mir ein anständiger Kerl zu sein. Wenn du noch Interesse hast, schlage ich dir vor dich bei ihm zu entschuldigen. In Ordnung?" „Okay", flüsterte sie kaum hörbar. Zeit für einen Themenwechsel. „Bekomme ich heute wieder mein Essen mittels eines Flugzeuges gefüttert, oder bin ich mittlerweile in der Lage diese Aufgabe selbst zu erledigen?", fragte ich verschmitzt. „Oh nein, das ist der lustigste Teil meiner Arbeit", konterte sie mit einem Lächeln und schnappte sich mein Frühstückstablett. Ich verdrehte die Augen, glücklich ein bisschen Gossip wieder in meinem Leben zu haben. Dann biss ich herzhaft in den Löffel, den mir Jennifer grinsend entgegenstreckte. „Wann darf ich aufstehen?", fragte ich, um von dem Fakt abzulenken, dass ich gefüttert wurde. Jennifer legte den Kopf schief und sagte dann: „Das kann man nicht sagen. Schließlich hast du bis jetzt noch nicht einmal deine Verletzungen selbst gesehen. Aber deine OP ist sehr gut verlaufen." Ich nickte. Das klang einleuchtend. „Und wann darf ich diese sehen?", bohrte ich weiter. Jennifer sah mich tadelnd an. „Demnächst. Ich bin keine Allwissende. Vielleicht kannst du deine Ärztin selbst fragen?", fügte sie hinzu. Ich nickte erneut zustimmend. Sie hatte recht. Vielleicht sollte ich meine Ärztin bei der nächsten Gelegenheit fragen. Schließlich ging es hier um meinen Körper und meine Gesundheit. „Heute hast du deine erste psychologische Therapie-Session.", gab Jennifer zu bedenken. „Wirklich? Wie lange muss ich diese Sitzungen machen?", fragte ich. „Ein Minimum von 100 Sessions ist verpflichtend. In deinem Fall wird man dir vermutlich raten 200 zu machen, um zu sehen, ob deine Psyche irgendwelche Schäden davongetragen hat. Ich nickte. Wahrscheinlich war es besser so. „Wann kommt meine Therapeutin?", fragte ich sie aus purem Interesse. „In zehn Minuten", antwortete sie beiläufig. „Deshalb verlasse ich dich jetzt, damit du dich mental auf deine Session vorbereiten kannst. In zwei Stunden bin ich wieder da." Sie stand auf und ging auf die Tür zu. „Die Session dauert zwei Stunden?", fragte ich verzweifelt. Das konnte ja nur besser werden, dachte ich, bevor sich meine Zimmertüre schloss und ich plötzlich wieder alleine war. Ich seufzte geschlagen. Hoffentlich würde meine Therapeutin nett sein. Zumindest für meine Verhältnisse.

Alice Garber

Psychologische Therapeutin mit unfallspezifischem Abschluss und Spezialisierung im Gebiet THV und Unfallheilung psychisch betrachtet (Traumatische HirnVerletzung), Krankenhaus Southmead Hospital, Bristol

Ich blickte auf meine Uhr. Viertel nach zehn. In fünf Minuten hatte ich einen Termin mit einer neuen Klientin. Normalerweise arbeitete ich nicht oft mit dem Krankenhaus zusammen, schließlich hatte ich meine eigene Praxis. Aber dieser Fall hatte mich insbesondere interessiert. Eine junge Anwältin, die nach Bristol gekommen war, um ihren Abschluss zu feiern. Ihr Freund war bei einem Autounfall umgekommen und sie hatte nur knapp aus dem brennenden Auto gerettet werden können. Wie sie es geschafft hatte, war und blieb ein großes Rätsel. Ich beschleunigte meine Schritte. Ich wollte wie immer auf die Sekunde pünktlich sein. In 99 Prozent aller Fälle schaffte ich es. Die ein Prozent gingen an Termine, die nicht relevant waren, wie zum Beispiel mein Zahnarzt-Termin. Diesen konnte ich links liegen lassen. Vor der Tür 301 wartete ich genau zwei Minuten und drei Sekunden, bevor ich eintrat, ohne vorher zu klopfen. Ich wusste, dass dieses Verhalten im Krankenhaus nicht gerne geduldet wurde, aber ich hatte einen Ruf zu halten. Als brillante, aber auch autoritäre Therapeutin. Jeder fürchtete sich mich zurechtzuweisen, da ich in dieser Branche eine der besten war. Keiner reichte mir das Wasser. Und ich ließ mich normalerweise auch nicht leicht aus der Fassung bringen. Zumindest bis ich auf Alina traf. Sie sah mich fragend an, als ich eintrat, und widmete sich dann wieder ihrem aufgestellten Kindle mit einer Fernbedienung in ihrer Hand, als ich keinerlei Anstalten machte, etwas zu sagen oder mich vorzustellen. Ich keuchte leise. Wie unverschämt. Ich hielt meine professionelle Haltung und ging langsam auf meine neue Klientin zu, fest überzeugt, dass sie mein neues mentales Projekt sein würde. Ich zog einen Stuhl näher und setzte mich. „Hallo. Ich bin Alice, deine neue Therapeutin. Wie heißt du?" Ich bemühte mich um einen netten Tonfall, auch wenn es mir schwerfiel. „Das weißt du wohl hoffentlich.", antwortete sie trotzig und las weiter, ohne mich weiter zu beachten. Ich war kurz davor der jungen Frau ihr Kindle gegen den Kopf zu werfen, erinnerte mich allerdings in der letzten Sekunde daran, dass sie vermutlich mental ein Wrack war. Ich war hier, um ihr zu helfen, nicht um sie noch mehr zu verletzten. „Okay, du hast recht. Du bist kein Small Talk Mensch, oder? Hier in England ist das üblich. Möchtest du mir erzählen, wie es dir geht?", fragte ich sie und verzichtete auf einen Monolog, den ich meistens bei etwas schüchternen Patienten anwendete. In diesem

Fall benötigte ich dies nicht. „Nicht wirklich.", antwortete Alina, sah mir dabei aber glücklicherweise endlich in die Augen. Ich schob ihr Gestell mit dem Kindle unbemerkt weiter weg und sah das Mädchen interessiert an. „Möchtest du mir von Theo erzählen?" Ich sah, wie ihre Schultern sich anspannten und sie einmal tief einatmete. Aber sie musste hier durch. Früher oder später. Da war es besser es früher zu tun, so sehr es auch schmerzen mochte. „Also Theo und ich, wir haben uns in der Uni kennengelernt. Es war das erste Jahr des Studiums, ich war kurz davor, die Rechtswissenschaften über den Haufen zu schmeißen. Ich hatte weder die Selbstdisziplin noch die Motivation für ein sechsjähriges Studium mit altmodischem Staatsexamen. Dann kam Theo. Mein Retter in Not. Er half mir, lernte mit mir, verteidigte mich und schließlich nach einem halben Jahr willigte ich ein, mit ihm auszugehen. Er war überglücklich und wir wurden zu mehr als nur Freunde. Wir waren das perfekte Paar. Ihm stand eine große, vielversprechende Karriere bevor – er war eine brillante Person und sehr wissensdurstig. In gewisser Weise war er der Einzige, der mir im Studium wirklich geholfen hat." Die junge Frau ließ ihre Schultern sinken und sah mit einem Mal sehr müde aus. Ich beschloss das Thema fallen zu lassen und später noch einmal darauf zurückkommen. „Kannst du mir erzählen, wie es dir mental geht? Hattest du zuhause eine Therapeutin?" „Nein, ich hatte noch nie eine Therapeutin. Nur einen Ernährungsberater. Ach, und eine Physiotherapeutin. Mental geht es mir nicht wirklich gut. Aber das können Sie sich eigentlich denken." „Du kannst mich gerne duzen. Das beruht auf Gegenseitigkeit. Ich habe keinerlei Titel, der mich wichtiger macht als dich.", unterbrach ich sie. „Du hast schon einen Titel." Sie deutete auf meinen Kasack auf dem mein mit meinem Doktor angeschriebener Name stand. Ich winkte ab. „Es geht ums Prinzip. Ich duze meine Patienten und sie sollten das Gleiche tun. Man kann meiner Meinung nach nicht über mentale und private Themen sprechen, wenn man sich siezt." Damit beendete ich diese Unterhaltung.

Jennifer

Ich betete innerlich, dass Alina mit ihrer Therapeutin Alice zurechtkommen würde. Ich war zwar noch nicht lange in der Szene, aber ich wusste, dass diese Frau zwar die beste ihrer Art war aber auch als unberechenbar galt. Dass sich Alice für Alina interessiert hatte und um ihre Pflege gebeten hatte, war merkwürdig. Meine Aufsichts-Ärztin Lisa sagte, dass dies noch nie passiert war. Alice hatte eine meterlange Warteliste und übersprang diese für niemanden. Man hatte mich für die nächsten zwei Stunden in die Radiologie eingeteilt. Folglich machte ich den restlichen Tag sehr viel. Ich machte X-Rays und untersuchte die Bilder dann mit den Experten. Die Zeit verging wie im Flug und ich schreckte auf, als mein Diensttelefon klingelte mit der barschen Aufforderung von Alice gefälligst zu meiner Patientin zurückzukommen. Eilig verstaute ich alle Sachen und rannte im Laufschritt zum Zimmer 301. Außer Atem stürmte ich in ihr Gemacj, in dem Alice noch immer auf einem Sessel saß und erregt mit Alina redete. Als sie mich erblickte, verfinsterte sich ihre Miene augenblicklich. Sie stand auf, strich sich ihren Kasack glatt und stürmte, ohne ein weiteres Wort zu sagen an mir vorbei zur Tür. „Wie war es?", fragte ich sie, nachdem die Tür ins Schloss gefallen war. „Überraschend gut.", antwortete sie mit einem reservierten Lächeln im Gesicht. Ein Lächeln breitete sich auf meinem Gesicht aus und ich quietschte erfreut auf. „Das ist gut. Möchtest du ein Mittagschläfchen halten, während ich dein Mittagessen mache?", fragte ich sie und Alina bejahte. Die Session hatte sie, ob sie es nun zugeben wollte oder nicht, sehr mitgenommen. Ich injizierte eine Nadel in ihren Arm, damit sie schneller einschlafen konnte, schließlich war ihr Körper noch viel zu erschöpft um sich um ausreichenden Schlaf kümmern zu können. Beinahe augenblicklich schlief sie ein. Ich richtete ihr Mahl her – heute stand eine Nudelsuppe an und ließ sie noch eine halbe Stunde schlafen, bis ich sie aufweckte und ihr feierlich den Löffel in die Hand drückte. „Deine Ärztin hat gesagt, dass du es versuchen darfst. Dir geht es anscheinend ein ganzes Stück besser." Alinas Augen wurden groß, sie stellte sich der Herausforderung und versuchte ihr Glück. Es sah etwas gezwungen und schmerzhaft aus, aber sie aß den gesamten Teller leer und ich war froh diesen Erfolg in ihre Krankenakte eintragen zu können. „Wann ist dein nächstes Date mit dem Typen?", fragte mich Alina noch kauend. Ich zuckte ablehnend mit den Schultern. Ihr gegenüber wollte ich nicht zugeben, dass ich mich noch nicht getraut hatte Tim zu fragen, ob er mir verzeihen würde. „Du hast noch nicht gefragt, oder?", stellte sie fest und ich beschloss dieses Mal nicht auf ihre rhetorische Frage zu antworten. Woher wusste sie immer alles? „Frag ihn!", drängte sie. „Das würde mich glücklich machen. Das willst du doch, oder nicht?", sagte sie mit einem Augenzwinkern. Ich schnaubte nur. Diese Frau war wirklich unfassbar. „Okay", stimmte ich ihr zu und verließ mit zitternden Händen ihr Zimmer. Ich steuerte auf Tims Krankenzimmer zu, in der Hoffnung, dass er nicht da sein würde. Mein Wunsch wurde natürlich nicht erhört, denn ich erkannte seine Silhouette hinter dem Milchglas. Mein Herz klopfte mir bis zum Hals, als ich vorsichtig anklopfte. „Herein.", hörte ich Tims fröhliche Stimme durch die Tür. Jetzt oder nie, dachte ich mir noch bevor ich die Tür aufstieß und eintrat. Tim sah überrascht auf und sah mich nervös an. Vielleicht erwartete er dieselbe Show, wie die die, ich am vorherigen Wochenende abgezogen hatte. „Hallo Tim", sagte ich niedergeschlagen. Alina hatte recht. Wie behielt sie immer recht? „Hallo", antwortete Tim mit einem undefinierbaren Lächeln. „Bist du hier, um mich wieder abzuservieren?", fragte er mich schmunzelnd. Ich schüttelte beschämt den Kopf. „Warum bist du hier?" Ich machte meinen Mund auf und zu, aber es kamen keine Worte raus. „Es… Es tut mir leid.", stotterte ich und blickte zu Boden. „Was?", fragte Tim verwirrt. „Du bist gar nicht sauer auf mich?" Nun war ich an der Reihe verwirrt dreinzublicken. Was meinte er damit? „Wieso sollte ich sauer auf dich sein?", fragte ich und hoffte, dass er nicht bereits vergeben war oder mich in irgendeiner Weise angelogen hatte.

Vielleicht war er ja ein Serienmörder, grübelte ich. Bevor ich weiterdenken konnte, beantwortete mir Tim meine innere Frage. „Ich dachte ich habe dich zu sehr überrumpelt. Es tut mir leid. Ich war einfach schon so lange nicht mehr auf einem Date. Ich hatte Angst etwas kaputt zu machen." Nun war er an der Reihe beschämt zu Boden zu sehen. Mein Herz schmolz bei seinen Worten und ich verliebte mich ganz neu in ihn. „Nein, das ist nicht deine Schuld. Ich habe überreagiert und dabei hätte ich es besser wissen sollen", bestritt ich, weil ich nicht wollte, dass er die Schuld alleine zu tragen hatte. Sein Blick wurde weich. „Heißt das, du möchtest auf ein zweites Date gehen?", fragte er mich hoffnungsvoll und ich antwortete in einem kecken Tonfall: „Wenn du ein Restaurant aussuchst. Morgen Abend 18:00 bei mir. Hole mich gern ab." Damit ließ ich ihn stehen und drehte auf der Stelle um. Sobald Tims Zimmer außer Sichtweite war, begann ich zu rennen, bis ich keuchend wieder in Alinas Zimmer ankam.

Tag 20

Der zweite Therapietermin fand heute um kurz vor acht statt. Am Anfang, so hatte es Alice zumindest ausgedrückt, würde sie mich tagtäglich aufsuchen, was wiederum Jennifer zufolge die größte Ehre war, die man als Patient zugewiesen bekommen konnte. Aus diesem Grund hatte man Jennifer beauftragt, mir etwas früher das Frühstück zu bringen. Inzwischen hatte ich mich daran gewöhnt, nicht mehr ich selbst in meinem Körper zu sein. Ich konnte mich weder bewegen noch hatte ich meinen Körper nach dem Unfall jemals gesehen. Wann dies endlich so weit sein würde, wusste niemand. Mittlerweile durfte ich wieder normale Flüssigkeiten wie Wasser zu mir nehmen. Ich hatte mich zwar erkundigt, ob ich in der Lage sein würde, mir in der Cafeteria einen Kaffee zu bestellen, allerdings war ich nur ausgelacht worden, also schloss ich diese Option aus. Auch wenn ich meinen morgendlichen Kaffee eigentlich über alles liebe, musste ich zugeben, dass es mir guttat, etwas mehr auf meine Ernährung zu achten. Es war nicht so, dass ich ein ungesunder Mensch war, nein. Im Gegenteil, eigentlich hatte ich mich immer sehr gesund ernährt, aber der Kaffee war immer meine Schwachstelle gewesen. Jetzt im Krankenhaus, wo ich dazu verpflichtet war mit Leitungswasser zu leben, spürte ich deutlich den Unterschied. Einen Vorteil hatte ich gefunden. Das war meine Hausaufgabe bis heute gewesen. Von Alice aus. Ich freute mich auf die Session, auch wenn ich es mir selbst nicht eingestehen wollte. Jennifer verließ dann auch relativ rasch mein Zimmer, da sie, wie sie mir anvertraut hatte, gehörig Respekt vor Alice hatte. So wie scheinbar jeder in diesem Krankenhaus. Ich wusste nicht, welche Aura Alice auf sie ausübte, aber mir persönlich kam sie sehr sympathisch vor. Weshalb sie sich dazu entschieden hatte mich zu therapieren und somit ihre Arbeitszeit fünf Stunden die Woche hochschnellen zu lassen, ohne auch nur den geringsten Cent zu verdienen, war mir ein Rätsel. Allen anderen scheinbar auch. Alice war im Vergleich zu den Chirurgen und anderen Ärzten die Royal Queen. Ein Rätsel, das ich heute vielleicht sogar lösen würde. Ich beschloss sie direkt zu fragen, sobald sie hier ankam. Wieder um genau auf die Sekunde Punkt acht, öffnete meine neue Therapeutin die Tür und trat ein. „Guten Morgen", sagte sie schmallippig. „Guten Morgen", antwortete ich und sah sie erwartungsvoll an. „Deine Ärzte haben sich dazu bereiterklärt, dass du im Garten mit mir reden kannst, insofern du das möchtest." Ich quietschte erfreut auf. Der Garten? Dort war ich noch nie gewesen. „Darf ich wirklich oder hast du einfach deinen Charme angewendet, um mich hier rauszubringen?" „Ein bisschen von beidem", antwortete sie, während sie mich im Bett zum Lift schob. Ich schaute mich gespannt um, schließlich war ich seit bald zwei Wochen tagtäglich in einem Zimmer gefangen gewesen. Die Lifttüren gingen auf und ich zwinkerte meiner Krankenschwester zu, als sie mich überrascht ansah. Die Liftfahrt war zwar kurz, aber sehr unangenehm. Nach einer gefühlten Ewigkeit kamen wir im Erdgeschoss an und ich atmete tief ein. Wie lange war es her, seitdem ich das letzte Mal an der frischen Luft gewesen war? Alice begleitete mich zu einem überdachten Garten. In der Ferne konnte ich erkennen, dass es leicht nieselte. Mir fiel erst jetzt auf, wie sehr ich die Freiheit, die frische Luft, das echte Leben vermisst hatte. Ich inspizierte ganz genau alle neuen Eindrücke, die schwatzenden Pärchen, die Rentner-Patienten, die spazieren gingen, der Geruch von frischen Brötchen aus der Bäckerei gegenüber dem Krankenhaus. Für alle war es ein gewöhnlicher Mittwoch, nichts Besonderes. Nur für mich entsprach diese Realität nicht mehr. Ich merkte, wie sich große Schluchzer in mir anbahnten und schob diese trotzig von mir weg. Es funktionierte nicht. Eigentlich war ich davon ausgegangen, dass der schlimmste Teil meiner Trauer mittlerweile vorüber war. Anscheinend war dies nicht so. Dicke Tränen sammelten sich in meinen Augenwinkeln und rannen mir die Wangen herunter. Ich versuchte diese wegzuwischen, auch wenn dieser Versuch scheiterte. Alice drückte mir wortlos ein Taschentuch in die Hand, als hätte sie meine Reaktion bereits vorhergesehen, was vermutlich in dieser Situation auch zutraf. „Also" begann Alice mit einem Funkeln in den Augen, nachdem ich mich ausgiebig geschnäuzt und ausgeheult hatte. „Dann legen wir einmal los."

Jennifer

„Jennifer, komm bitte schnell in den Garten! Deine Patientin muss aufs Zimmer gebracht werden und Frau Garber ist bereits gegangen." Ich unterdrückte ein entnervtes Aufstöhnen und verließ die OP-Szene. Weshalb kam die Therapeutin auf die glorreiche Idee Alina nach draußen zu bringen und einfach davon auszugehen, dass ich alles stehen und liegen lassen würde, nur um Alina wieder auf ihr Zimmer zu bringen. Im Laufschritt eilte ich den Korridor zum Garten hinab und stieß die Tür auf. Draußen warteten eine ungeduldige Alina und ein typisch westenglisches Regenwetter. „So, dann bringen wir dich einmal aufs Zimmer", leitete ich ein. „Was habt ihr heute spannendes gemacht?", fragte ich, um etwas Small Talk zu führen. Erst im Nachhinein fiel mir auf, dass Alina nicht wirklich die beste und geduldigste in diesem Themenbereich war. Dieser Small-Talk-Versuch scheiterte kläglich, da sie mir einfach nur einen abschätzenden Blick zuwarf. Damit hatte sich das Thema scheinbar erledigt. Ich rollte ihr Bett wieder ins Innere des Krankenhauses und brachte ihr ein verfrühtes Mittagessen, da ich mich heute zu Mittag noch mit meiner Familie zum Essen traf. Heute Abend würde ich auf das besagte Date mit Tim gehen. „Wohin gehst du?", fragte mich Alina, als ich Anstalten machte, ins Badezimmer zu gehen, um mich umzuziehen. „Ich gehe heute etwas früher. Ich treffe mich mit meiner Familie. Wir sehen uns morgen wieder. Für heute kümmert sich eine Krankenschwester namens Denise um dich, in Ordnung?" Sie nickte geschlagen. Eine große Auswahl an Optionen hatte sie nicht, da gab ich ihr innerlich recht. Sobald die Operationen vorüber sein würden, würde alles besser werden. Ich glaubte ganz fest daran.

Alina

Jetzt war ich wieder allein. Es war sehr schwer einen spaßigen Zeitvertreib zu finden, mit dem ich meine überschüssige Zeit vertreiben konnte. Ich betrieb ein Projekt, ein Projekt für meine Zukunft, allerdings hatte mir Alice geraten, dieses für eine Weile links liegen zu lassen. Deshalb widmete ich mich jetzt dem Lesen. Und zwar jeden Tag. Ich merkte, wie meine Lese-Schnelligkeit immer und immer besser wurde. Das hätte Theo sicherlich sehr gefreut. Theo. Oh Gott, wie ich ihn vermisste. Er war meine Tränen nicht wert, er war so viel mehr wert, dachte ich mir. Etwas später holte man mich, wie es mittlerweile zum tagtäglichen Prozedere geworden war, zur OP ab und geleitete mich in den OP-Saal. Dort injizierte man mir eine fingerdicke Nadel, man operierte mich und ich wurde in den Aufwachraum geschickt. Nur dass mich dieses Mal nicht Jennifer, sondern eine neue Krankenschwester, die mich mit einem aufgesetzten Zahnpasta-Lächeln angrinste, als ich wieder zu mir kam, empfing und mich aufs Zimmer geleitete. „Das Lächeln kannst du dir direkt vom Gesicht wischen, wenn's nicht echt ist", sagte ich zu ihr in einem unwirschen Tonfall. Mein gesamter Körper brannte, alles tat weh und doch musste ich mich mit diesen Small-Talk-Engländern herumplagen. Ihr Lächeln verschwand augenblicklich und ich fühlte mich für einen klitzekleinen Augenblick schuldig. Aber nur einen klitzekleinen. Die junge Krankenschwester begrüßte mich leicht mit einer freundlich wirkenden Geste und stellte sich als Denise vor. Sie brachte mich, sichtlich beleidigt wieder auf mein Zimmer und verließ mich wieder. Auch gut, dachte ich mir und widmete mich wieder meinem Buch.

Denise

Auf diesen Tag hatte ich mich schon lange gefreut. Mein erster Tag im Krankenhaus! Ich konnte es kaum erwarten, da ich für heute sogar eine Patientin übernehmen würde. Also stand ich da, im Aufwachraum und freute mich unheimlich die junge Anwältin kennenzulernen, bis hin zu dem Moment, in dem sie mich für mein Lächeln zusammenstauchte. Ich wusste, dass meine Miene weder professionell noch ehrlich war, aber was konnte ich dafür? Ich arbeitete schließlich erst seit zwei Stunden hier. Nachdem ich die Patientin, dessen Name Alina lautete, verlassen hatte, ging ich aufs Klo, um erst einmal eine Runde zu heulen. Wieso immer ich, dachte ich mir zwischen zwei Schluchzern. Dann richtete ich meine Haare, wusch mein Gesicht und ging in die Küche, um Alinas Essen vorzubereiten. Mit einem Teller randvoll mit Suppe kehrte ich zurück in ihr Zimmer und stellte mich wieder vor die Tür. Der Schreck ihres verbalen Angriffes, saß mir noch in den Knochen. War ich gewappnet für diesen Job? Konnte ich das durchziehen, wenn selbst meine allererste Patientin, die als freundlich galt, mich zusammenschrie? Ich wusste es nicht und ehrlich gesagt machte mir dieses Eigengeständnis Angst. Mein gesamtes Leben lang, hatte ich mich darauf vorbereitet genau diesen Job auszuüben. Und jetzt, da ich an meinem Ziel angekommen war, wusste ich nicht, ob diese Entscheidung die richtige für mich war. Und das machte mir furchtbare Angst.

Tag 21

Alina

Gestern war nicht mehr viel passiert. Denise war nicht mehr aufgetaucht und ich hatte mich dazu entschieden, mich bei ihr zu entschuldigen, sobald ich sie sehen würde. Gesagt, getan. Als die junge Studentin gegen zehn in mein Zimmer trat, um kleinlaut mein Frühstück zu servieren, sagte ich: „Also Denise. Ich wollte mich entschuldigen, dass ich dir gegenüber so barsch war. Gestern war ein langer Tag und ich weiß, das ist keine Ausrede, aber es tut mir wirklich leid. Ich wollte dich nicht einschüchtern und finde es super, dass du dich dazu entschlossen hast, in deinem Beruf Menschen zu helfen." Ich sah beschämt zu Boden. Es tat mir aufrichtig leid, die arme Studentin eingeschüchtert zu haben. Diese sah überrascht zu mir hinüber und gab sich Mühe ihr erleichtertes Lächeln zu verbergen. „Danke", antwortete sie schlicht und ich merkte ihr in ihrem Tonfall ihre Dankbarkeit an. „Du darfst heute in der Therapie das erste Mal deine Verbände öffnen. Beziehungsweise musst du das tun. Die Operationen sind vorläufig abgeschlossen, aber du wirst vermutlich erst frühestens in einer Woche entlassen und musst mindestens zwei Jahre in diesem Land verbringen, aufgrund der medizinischen Regelungen." Hätte ich es gekonnt, wäre ich aufgesprungen und wäre der schüchternen Studentin um den Hals gefallen. Frühzeitige Entlassung? Keine OPs mehr? Das klang herrlich. Mir fiel auf, dass ich noch nie darüber nachgedacht hatte, was als Nächstes geschehen würde. Ich hatte einfach nur still und heimlich gehofft, dass alles ein schlechter Traum war und ich wieder aufwachen würde. Da dies augenscheinlich nicht der Fall sein würde oder war, musste ich mich meinem Schicksal fügen. Wollte ich noch Anwältin werden? Ohne Theo? In England? Wo in England? Bisher kannte ich nur das Krankenhaus in Bristol und dort konnte und wollte ich nicht die nächsten zwei Jahre verbringen. Ich beschloss Alice in unserer heutigen Session zu fragen und mich mit ihr über meine Zukunft zu beraten. Wir hatten uns zwar eigentlich darauf geeinigt, erst darüber zu diskutieren, wenn es so weit sein würde, aber eine Woche? Ich quietschte unmerklich auf und krallte mich an der Bettdecke fest. Verwundert blickte Denise zu mir hinüber und lächelte reserviert. „Wann ist meine Session mit Alice?", fragte ich mit einer weitaus besseren Laune als zuvor. „Mit wem?", fragte sie verwirrt. Ach ja, die Rangordnung im Krankenhaus, hatte ich bei dieser Frage völlig außer Acht gelassen. „Frau Doktor Garber?", fügte ich hinzu und sah, wie Denise erleichtert ausatmete.

„Ach ja, dein Termin ist um eins. Du hast noch ausreichend Zeit dich mental vorzubereiten." Ich verstand diese Aussage nicht. Erst Jennifer und jetzt auch Denise? War Alice so unhöflich mit ihnen, dass sie dachten ich müsse mich auf meine Session vorbereiten? Irgendetwas war hier faul. Ich kam einfach nicht darauf, was es war. Ich kniff die Augen zusammen, in der Hoffnung eine plötzliche Einsicht zu gewinnen. Nichts passierte und so beschloss ich, mich meinem Frühstück zu widmen, welches mir Denise soeben nebens Bett gestellt hatte. Mittlerweile war ich bereits in der Lage selbstständig ein Mahl zu mir zu nehmen, ohne an Todesqualen zu verenden. Vor mir lag noch ein weiter Pfad, aber ich war der Ansicht, dass ich mich gut schlug. Zumindest bis jetzt. Wie das meine Ärzte sahen, wusste ich nicht.

Alice

Zwei Croissants, ein „grüner" Smoothie, der vermutlich mehr unnatürliche Farbmittel und Zusätze als ein Starbucks-Kaffee beinhielt und Brie, einen französischen Käse. „Das ist deine Definition von einem gesunden Frühstück?", fragte ich meine Tochter mit einer hochgezogenen Augenbraue. Sie funkelte mich sauer an. „Was sollte ich denn sonst kaufen? Ja, das ist meine Definition eines gesunden Frühstücks." Sie drehte auf der Stelle um und rannte schnurstracks in ihr Zimmer und knallte die Tür zu. Ich seufzte entnervt. Teenager konnten schon anstrengend sein. Ich blickte auf meine Armbanduhr. Viertel vor zwölf. Dass meine Tochter Emily es überhaupt geschafft hatte zum Geschäft zu gehen, nachdem ich sie gestern darum gebeten hatte uns ein gesundes Frühstück zu kaufen, überraschte mich ehrlich gesagt. Ich war eigentlich eher davon ausgegangen, dass sie meine Bitte gekonnt ignoriert hatte. Ich nahm mir widerstrebend ein Croissant, da ich sowieso keine andere Wahl hatte, etwas anderes zu frühstücken. Dann machte ich mich auf den Weg in meine Praxis, um die erste Session des Tages zu halten. Danach würde es für mich zu Alina gehen, worauf ich mich innerlich sehr freute. Bei meiner Praxis angekommen schloss ich auf, schaltete die Computer an und richtete alles für die erste Session her. Meine erste Klientin hieß Amber, sie litt seit über zehn Jahren an fortgeschrittenem Narzissmus und war nach einer jahrelangen Suche nach dem richtigen Arzt bei mir gelandet. Seit einem Jahr behandelte ich sie nun und ich würde lügen, sagte ich ihre psychische Beeinträchtigung habe sich nicht deutlich gebessert. Die erste Session verlief gut, keinerlei Auffälligkeiten und so beschrieb ich sie auch in der Krankenakte. Dann blickte ich zum wiederholten Male an diesem Tag auf meine Armbanduhr. Viertel nach eins. Ich musste in einer Dreiviertelstunde in Alinas Zimmer stehen und mir drohte die Gefahr eines Mittagstaues. Würde heute meine allererste verspätete Session sein? Ich schob diese Gedanken weg und setzte mich in mein Auto. Mit laut röhrendem Motor fuhr ich los.

Ich geriet, wie erwartet, in den typischen Freitagmittag-Stau. Es war zum Verzweifeln. Genervt hupte ich, in der Hoffnung wir würden uns weiterbewegen, aber wir krochen noch immer im Schneckentempo Schnellstraße nach Bristol Town entlang. In den nächsten zehn Minuten änderte sich das auch nicht und ich beschloss mich vorsichtshalber im Krankenhaus als zu spät zu melden. Auch wenn es mich störte. Ich war schließlich noch kein einziges Mal in meiner Karriere zu spät gewesen. Es war mein Markenzeichen gewesen. Ich trommelte mit meinen

Fingern aufs Lenkrad und blickte erneut auf die Uhr. Fünf vor eins. Ich fluchte leise. Dieser Tag konnte doch nur besser werden. „Krankenhaus Bristol, mit wem spreche ich hier?", fragte Jennie, die immerzu gelangweilt klingende Krankenhaus-Sekretärin. „Ja hallo. Ich bin Alice Garber ich habe einen Therapietermin mit der Patientin Alina Strass um zwei. Ich bin im Stau und werde erst in frühestens einer halben Stunde anwesend sein können." Ich hörte die klackernde Tastatur des altmodischen Computers und dann eine monotone Standardantwort, die ein schlichtes „Okay" repräsentierte. Ich legte auf und merkte erst im Nachhinein, dass ich feuerrot angelaufen war.

Als ich um kurz vor drei im Krankenhaus ankam und mich bei Jennie anmeldete, die mich mit einem tadelnden Blick bedachte, als wäre es meine Schuld, dass ich im Stau gestanden war, fühlte ich mich so unwohl wie noch nie zuvor. Normalerweise war es so, dass sich andere in meiner Präsenz unwohl fühlten, allerdings musterten mich alle Ärzte und Krankenschwestern mit seltsamen Blicken. Ich eilte zu Alinas Zimmer, die mich grinsend bereits erwartete. „Ich werde nächste Woche entlassen!", quietschte sie laut und wäre vermutlich aufgesprungen, wenn sie nicht ans Bett gefesselt wäre. Bildlich gesprochen natürlich. „Also, erst einmal. Du wirst nur entlassen, wenn man für dich eine Bleibe gefunden hat und du wieder in der Lage bist das Gebäude selbstständig zu verlassen.", stellte ich bestimmt klar und verfluchte ihre junge Krankenschwester innerlich. Auf der anderen Seite konnte dieses Wissen sie psychisch aufpeppen und die Heilung damit vielleicht beschleunigen. Ich beschloss heute alle näheren Details mit meiner Patientin zu besprechen. Schließlich hatte sie ein Recht zu wissen, was in ihr vorging. Ich setzte mich zu ihr und signalisierte der beistehenden Ärztin Alina den Verband abzunehmen. Diese trat mit einer metallischen Sezierschere auf Alina zu und schnitt den Verband vorsichtig auf. Alina zittere unmerklich und ich ergriff ihre Hand und drückte sie leicht. Die Augen der jungen Anwältin wurden groß, als sie ihren von Narben und Transplanten übersäten Körper erblickte. Ich fühlte ihren rasenden Puls und gab der Ärztin ein Zeichen eine kurze Pause einzulegen. „Alles in Ordnung?", fragte ich Alina, die nach einer kurzen Pause tief ausatmete und nickte. Ich vertraute ihrem Urteil und deutete meine Kollegin weiterzumachen. Zögerlich berührte sie ihre lange Narbe am Ellenbogen. Sie brach in unkontrollierte Schluchzer aus und ich ließ sie weinen.

Jennifer

Heute war mein zweiter Urlaubstag. Ich genoss die Stille, die Zeit mit meiner Familie. Aber ich vermisste Alina. Vielleicht würde sie schon aus dem Krankenhaus entlassen sein, wenn ich in einer Woche zurückkam. Ich hoffte, dass es ihr gut ging. Was ich nicht wusste, war, dass ich sie nie wiedersehen würde.

Tag 22

Alina

Als ich aufwachte, bewegte ich probehalber meine Finger. Es tat weh, aber ein Stich der Erleichterung durchfuhr mich, als ich merkte, dass ich wieder in der Lage war mich vollständig zu bewegen. Ich bewegte meine Zehenspitzen, meine Arme, meine Beine. Mein Körper befand sich in einem typischen Krankenhaus-Pyjama. Die nächsten Stunden verbrachte ich damit, mein Leben zu überdenken und meine Bewegungsfreiheit wiederzuerlangen. Ich freute mich wie ein kleines Kind und quietschte vergnügt, als Alice endlich eintrat und sich neben mich setzte. „Wie geht es dir?", fragte sie, ernsthaft besorgt. „Gut" Ich nickte fröhlich, um meine Aussage zu unterstreichen. Alice straffte ihre Schultern, als wolle sie etwas loswerden. Ich sah sie fragend an und hob meine rechte Augenbraue. „Ach nichts", winkte Alice ab. Mit ihr konnte ich mich inzwischen mit Körpersprache unterhalten und eine normale Konversation führen. Ich ließ das Thema fallen, da ich wusste, dass mir Alice nichts anvertrauen würde, wenn sie es nicht wollte. „Wie geht es dir damit dich endlich wieder bewegen zu können?", fragte sie und holte ihr hölzernes Klemmbrett aus ihrer Tasche. Sie öffnete ihren Stift und schrieb aufmerksam mit, was ich ihr wiedergab. „Gut. Dann sollte es kein Problem darstellen heute das erste Mal wieder zu gehen, oder etwa nicht?", sagte sie verschmitzt und bekam genau die Reaktion, die sie vermutlich erhofft hatte. Ich fiel ihr in die Arme, so gut es aus dem Bett aus ging und wedelte fröhlich mit den Händen. Langsam, um zu verhindern, dass meine Transplante rissen oder kaputt wurden, legte sie zuerst mein linkes und dann mein rechtes Bein aus dem Bett. Meine Beine waren mit Narben übersät und weiß, durch die fehlende Blutversorgung. Ich atmete tief ein. „Du kannst das", sprach mir Alice gut zu und hielt mich an meinem Arm fest, sodass ich nicht umfiel. Meinen linken Fuß setzte ich zuerst auf den Boden und taumelte leicht, als ich mein Gewicht minimal darauf belastete. Ich schreckte zurück und krallte mich an Alices Arm fest. „Ich kann das nicht", flüsterte ich, von neuer Angst erfüllt. „Ich… Ich kann das nicht. Was denke ich mir denn?", stotterte ich vor mich hin. Alice packte mich am Arm und zog mich näher ans sich. „Doch. Du kannst. Weil ich es sage. Und ich liege nie falsch, also glaube mir!" Dann ließ sie mich los und sah mich scharf an. Ich setzte mich erneut aufrecht hin und streckte vorsichtig meinen linken Fuß aus dem Bett. Mein rechter Fuß folgte. Alice stabilisierte mich, indem sie meinen Arm festhielt und ich mich an sie lehnte, als ich langsam und schwankend mein

Gewicht komplett auf meine Füße verlagerte. Ich hatte das Gefühl umfallen zu wollen. Ich tat es nicht, aber es lag nicht daran, dass ich in der Lage war mich auszubalancieren. Nein. Im Gegenteil: Alice hielt mich so fest umklammert, dass es mir schier unmöglich erschien umzufallen. Ich schwankte. „Setzt einen Fuß nach den anderen", befahl mir Alice und ich folgte ihrer Aufforderung. Zuerst den linken Fuß, dann den rechten. Ich wiederholte diesen Ablauf konzentriert, bis ich an der Tür ankam. Ich strahlte Alice an und jubilierte innerlich. Ich hatte es geschafft. Meine Beine taten zwar höllisch weh und kribbelten, aber nichtsdestotrotz hatte ich es geschafft. Mit einem stolzen Gesichtsausdruck geleitete mich Alice wieder zum Bett und füllte mit mir den mündlichen Bericht aus. Wie es mir ergangen war, ob es irgendwelche Probleme gegeben hatte und so weiter. Ich strahlte über das ganze Gesicht und ignorierte meine Schmerzen. „Bravo", sagte Alice und gab mir somit ihr erstes Kompliment. „Für heute sind wir fertig. Lies noch etwas. Ich komme morgen um acht mit einer Physiotherapeutin, die mit dir ein paar Übungen machen wird. Bis dahin solltest du ausreichend schlafen, in Ordnung?" Ich nickte pflichtbewusst. Ich würde diese Behandlung durchzuziehen und das Beste daraus machen, wenn ich in einer Woche entlassen werden wollte.

Tag 28

Alice

„Guten Morgen", trällerte Gelda, die Physiotherapeutin Alinas fröhlich, als wir eintraten. Ich verdrehte die Augen. Geldas unermüdliche Euphorie störte mich. Ich beschloss während Alinas Übungen vor der Tür zu warten. Es frustrierte mich anderen Leuten bei ihrer Behandlung zuzusehen und nichts unternehmen zu können. Überrascht blickte Alina von ihrem Buch auch auf und lächelte etwas gezwungen. Ich sah prüfend auf ihren Herzmonitor. Alles in Ordnung. Zumindest physisch. Ich half meiner Patientin aus dem Bett und drückte ihr einen Müsliriegel aus der Krankenhaus-Cafeteria in die Hand und sah sie mitleidig an. „Gut, dann legen wir mal los", sagte Gelda, wieder etwas zu euphorisch. „Ich warte draußen", sagte ich und begab mich vor die Tür. Geldas ewige Geschichten wollte und musste ich mir wirklich nicht anhören. Ich ging zur Pausenebene, in der Hoffnung, es gebe bereits Kaffee. Ich blickte auf meine Armbanduhr. Viertel nach acht. Innerlich frohlockte ich, als ich mir einen Kaffee kaufte und mich anschließend auf eine Bank in den Garten setzte. „Guten Morgen", begrüßte mich ein

Arzt, der an mir vorbeilief. Ich grüßte zurück, um nicht unsympathisch zu sein. Dann holte ich meinen Laptop aus meiner Tasche heraus und tippte mein Passwort ein. Alina hatte mich um etwas gebeten und dieses etwas würde ich jetzt tun, da meine Klientin noch immer ein striktes Internetverbot hatte, aufgrund der zahlreichen Artikel, die man über sie und ihren verstorbenen Freund geschrieben hatte.

Alina

Die Übungen schmerzen. Extrem. Ich hatte das Gefühl meine Beine wären von Flammen umzüngelt und ich hatte Angst, dass meine Transplante reißen würden. „Denkst du noch oft an ihn?", fragte mich Gelda mit deutlich weniger Euphorie und deutlich mehr Sanftheit und Zuneigung in ihrer Stimme. Ich sah sie überrascht an. War das ihre Masche? Das hatte mich seit dem Unfall noch nie jemand gefragt. Ich nickte leicht, vielleicht sogar etwas betreten. „Jede Sekunde, jede Minute und jede Stunde vermisse ich ihn. Ich glaube es erscheint mir immer noch nicht real. Es ist, als hätte mein Gehirn die Erinnerung ausgeblendet, um mich zu schützten. Geht das überhaupt?" Ich ließ den Kopf hängen. „Nein, ganz und gar nicht!", antwortete Gelda und rückte ein Stück näher an mich heran. „Das ist genau die richtige Vorgehensweise. Ich sah an meinen vernarbten, brennenden Körper hinunter. „So würde er mich sowieso nicht wollen." Es klang trotzig, voller Wut über das, was passiert war und ich wusste, dass ich im Unrecht war, als ich Geldas tadelnden Blick in meinem Nacken spürte. Ich lief rot an und merkte gar nicht, dass mir Tränen an den Wangen hinunterrannen. „Das stimmt nicht", sagte Gelda, deutlich leiser, als ich es von ihr erwartet hätte. Ihre Aussage unterstrich sie und machte ein Responsum mit einer anderen Meinung damit unmöglich. Und sie hatte recht. Es war nicht meine Schuld, was beim Unfall passiert war, auch wenn mir dies mein Kopf vielleicht einreden wollte. „Danke", sagte ich betreten. Gelda nickte leicht. „Was möchtest du nach deiner Behandlung machen?", fragte sie mit leicht angewinkeltem Kopf. Diese Unterhaltung hatte ich mit Alice bereits unzählige Male geführt. Eigentlich hatte ich es geheim halten wollen, was meine Pläne für die Zukunft waren, aber ich erinnerte mich im Unterbewusstsein daran, dass Therapeuten ein Schweig-Gelübde ablegten, und so beschloss ich, ihr von meinem Vorhaben zu erzählen. Ich lehnte mich näher an sie heran und flüsterte ihr leise neun Wörter ins Ohr. Ihr Gesicht nahm einen verschmitzten Ausdruck an, als ich geendet hatte. „Das ist eine gute Idee.", lobte sie mich leicht. Dann sah sie auf ihre Uhr. „Oh, so spät ist es schon? Ich fürchte, ich muss leider los" Sie warf mir einen entschuldigenden Blick zu und stand schnell auf. Stirnrunzelnd sah ich ihr hinterher.

„Guten Morgen! Ich habe gute Neuigkeiten für dich.", tönte Alices energetische Stimme bereits früh durch mein Zimmer. Verschlafen sah ich meine Therapeutin an und gähnte herzhaft. „Guten Morgen", antwortete ich und versuchte mich vorsichtig zu strecken. Es tat weh, deshalb gab ich auf. „Also", fing Alice mit glänzenden Augen an. „Ich habe mit deiner Ärztin Frau Anderson gesprochen und sie hat sich dazu bereit erklärt dich morgen zu entlassen!" Ich sah sie entgeistert an. Morgen? „WAS!?", rief ich verwirrt, nicht wirklich wissend, ob ich lachen oder weinen sollte. Der Tag nach heute, sollte ich wieder auf mich alleine gestellt sein? Ich merkte wie mich die Angst, die ungeheuerliche Angst packte und mein Lächeln langsam wieder verschwand. „Was ist los?", fragte mich Alice besorgt und setzte sich mir gegenüber. „Hast du Angst?" Und sie hatte es mit diesen drei Worten genau richtig erfasst. Ich hatte Angst. Und was für eine. Ich nickte fest. Alice würde mich verstehen. „Warum?", fragte sie. Ich sah sie überrascht an. Ja. Warum eigentlich? „Ich habe doch keine Wohnung und ich wäre dann wieder ganz alleine, oder etwa nicht?" Diese Konversation nahm langsam einen anderen Lauf an. Was meinte Alice? Etliche Fragen befanden sich in meinem Kopf und brachten mich völlig aus dem Konzept. „Ach und ich habe noch eine Überraschung für dich. Möchtest du mitkommen?", fragte sie und half mir auf. Schritt für Schritt, voller Schmerzen, aber Hoffnung, machten wir uns zum ersten Mal, ohne im Bett transportiert zu werden auf den Weg das Zimmer zu verlassen. Stolz erfüllte mich, als ich die ersten Treppenstufen erklomm, beziehungsweise sie hinunter ging. Ich lächelte glücklich und betrat mit Alices Hilfe fünf Minuten später das Wartezimmer. Dort wartete ein junger Mann im Anzug, eine Frau in einem Trenchcoat und ein älterer Mann in einer Alltagskleidung. Keiner der drei kam mir bekannt vor „Wer denkst du, möchte mit dir sprechen?", fragte Alice und beugte sich näher an mich. „Die Frau?", fragte ich zweifelnd. Alice nickte, wahrscheinlich überrascht, dass ich ihr Rätsel so schnell gelöst hatte. Ich trat auf die Frau zu und streckte ihr meine Hand entgegen. Sie musterte mich überrascht. „Ich bin Alina Strass. Sie wollten mich sprechen?", fragte ich sie in der professionellsten Stimme, die ich auf Lager hatte. Ihr Gesichtsausdruck nahm einen erleichterten Anschein an, als sie mir ein Stück Papier in die Hand drückte und mir stolz sagte: „Sie haben die Prüfung als eine der besten absolviert und aus diesem Grund möchte Ihnen die Stadt Bristol einen Arbeitsplatz für Ihre Dauer des zweijährigen Aufenthalts hier, wie mich Ihre Therapeutin informiert hat, gewähren. Diese befindet sich in eine der besten Rechtsanwalt-Gebäuden in Bristol und es gibt normalerweise eine lange Wartliste. Hätten Sie Interesse?" Meine Kinnlade klappte hinunter. Träumte ich? Gerade vor drei Wochen hatte ich nur hoffen und beten können, dass ich das Staatsexamen überhaupt bestanden hatte und nun hieß es, ich habe eine Bestnote erzielt. Die Dame drückte mir einen Vertrag in die Hand und deutete mir, mich neben sie hinzusetzten. Ich überflog den Vertrag und signierte ihn dann. Konnte dies der Realität entsprechen? Hatte mein größtes Unglück für mein größtes Glück gesorgt? Ich sah mit Freudentränen in den Augen zu Alice, die mich glücklich anlächelte. „Danke", heulte ich und fiel der Frau um den Arm, die mich überrascht ansah. „Sie können am nächsten Montag bereits anfangen, wenn Sie sich besser fühlen.", bot sie an und ich sah verunsichert zu Alice. „Sie muss zuerst mindestens eine Woche in ihrem neuen Zuhause verbracht haben", stellte diese fest. „Krankenhausregelungen. Aber danach kann sie jederzeit anfangen, wenn sie sich dafür bereit fühlt. Selbstverständlich wird die Therapie noch ein gesamtes Jahr weitergeführt werden." Erleichtert ließ ich meine Schultern sinken. „Am Anfang wirst du sowieso Teilzeit arbeiten müssen", fügte die Frau hinzu und gab mir eine Kopie des Vertrages, den ich ebenfalls unterschrieb. Diese behielt ich und heilt ihn auch fest umklammert, nachdem wir uns verabschiedet hatten und ich mit Alice zurück ins Zimmer humpelte. „Wie in aller Welt hast du das bewerkstelligt?", fragte ich sie mit einem breiten Grinsen im Gesicht. Sie lächelte geheimnisvoll, gab aber keine Geheimnisse preis. Bei ihr konnte ich mir sogar vorstellen, dass sie ein Geheimagent war und sich somit Zugang zu etwaigen Internetportalen verschaffen konnte. Aber wer weiß? „Danke", flüsterte ich. Dass ich als Rechtsanwältin jemals einen Job bekommen würde, hatte ich bereits vor Theos Tod angezweifelt. Nie hatte ich gedacht, dass ich die Prüfung mit Bestnoten bestehen würde. Es erschien mir surreal. Tränen traten mir in die Augen. Wieder im Zimmer angekommen, half mir Alice zurück ins Bett und setzte sich wieder auf ihren üblichen Sessel. Ich war ihr extrem dankbar – nie hatte ich daran geglaubt, dass unser Plan aufgehen würde.

Elisabeth Enber

„Nächste Woche?", fragte ich Alinas Therapeutin Alice stirnrunzelnd. Diese nickte. „Ich habe gesagt, dass sie in ihrem Wohnapartment, das ihr der Staat bereitstellt, zuerst eine Woche integriert werden muss und erst dann arbeiten kann, wenn sie einen Test gemacht hat." Gut. Ich nickte fest. Soeben war ich aus dem OP-Saal getreten und hatte mich mit Alice in ein Gespräch verwickelt. Ich warf einen kurzen Blick auf meine versilberte Armbanduhr. Kurz nach neun. „Wir machen einen Plan, in Ordnung?", sagte ich. „Ich muss los zur nächsten Operation. Alice nickte und ich entfernte mich im Laufschritt. Ich schleuste mich ein und begab mich gewaschen und in einem neuen Kasack in den hergerichteten OP-Saal. Meine nächste Patientin war eine freundliche ältere Dame, die Knieprobleme hatte und diese somit ersetzt werden mussten. Und während ich mir Handschuhe anzog, um zu operieren zu beginnen, kreisten meine Gedanken ständig nur um Alina.

Alina

Wie ging es wohl Jennifer? Mittlerweile war eine halbe Woche bereits vergangen, seitdem ich sie das letzte Mal gesehen hatte. Sie hatte mir erzählt, dass sie für eine Woche in den Urlaub fahren würde. Nur dass ich in einer Woche nicht mehr hier sein würde. „Wo wohne ich denn, sobald ich morgen ausziehe?", fragte ich interessiert, als Alice mein Zimmer wieder betrat. Sie hatte, zumindest hatte sie es mir so gesagt, sich mit Frau Enber unterhalten, um eine klare Entlassung bestätigen zu können. „In der Nähe des Krankenhauses. Man stellt dir eine kleine Wohnung für die nächsten zwei Jahre bereit. 30 Quadratmeter." Ich nickte erfreut. Eigentlich war ich davon ausgegangen, dass ich einer WG wohnen würde. Langsam, aber sicher freute ich mich auf den morgigen Umzug.

Tag 25

Als ich um kurz nach sechs meine Augen aufmachte, entwich mir ein erfreuter Jubellaut, wohl wissend, dass mir ein langer und ereignisreicher Tag bevorstand. Ich streckte mich so gut es mit meinen Brandnarben ging und setzte mich aufrecht hin. Was musste ich jetzt tun? Ich wusste, dass ich heute ausziehen würde, allerdings hatte ich mich gestern nicht über das Kleingedruckte informiert. Also wartete ich, bis ich ein lautes Klopfen an meiner Tür vernahm. „Herein?" Meine Stimme klang verunsichert, nicht so laut wie ich es ursprünglich erhofft hatte. Frau Doktor Enber trat ein und schüttelte professionell meine Hand. „Wie geht es dir Alina?", fragte sie mich. So langsam hatte ich die Nase gestrichen voll von dieser Frage. Ob es mir gut ging? Nein. Wieso denn auch? Mein Freund, mein zukünftiger Lebensgefährte, war verstorben und ich steckte in England bis auf Weiteres fest. Aber zumindest hatte ich ein Licht am anderen Ende des Tunnels. Meine Karriere. Dass ich meine Prüfung mit Bravour bestanden hatte, hatte mich gerettet. Physisch und psychisch. „Gut." Wie sollte man auch eine Small-Talk Frage negativ beantworten? „Dann fangen wir besser direkt mit dem Kleingedruckten an, sodass du hier heute noch wegkannst. Ab zwölf darfst du dieses Gebäude nämlich nicht mehr verlassen."

Ich blickte unauffällig auf meine Armbanduhr. Kurz nach zehn. Ich straffte meine Schultern und sah sie erwartungsvoll an. „Also", fing sie an. „Du wirst jeden Tag von deiner Therapeutin besucht werden und wir haben uns darauf geeinigt, dass deine Arbeitszeit nicht länger als 30 Wochenstunden beträgt. Ist bis jetzt alles klar?" Ich nickte fest. 30 Wochenstunden schaffte ich mit links. Hoffentlich. „Deine Ernährung wird streng überwacht werden und du erhältst beim Auschecken einen wöchentlichen Ernährungsplan mit den zusätzlichen Medikamenten. Du sollst in keinerlei Weise Sport betreiben, zumindest nicht, bis dies dir Gelda genehmigt. Das wäre es. Hiermit entlasse ich dich und hoffe, dass wir uns nicht in naher Zukunft sehen werden." Sie schüttelte mir die Hand und lächelte mich stolz an. „Ich bin stolz auf dich, dass du diese harte Behandlung durchgemacht hast." Damit machte sie auf Absatz kehrt und verließ mein Zimmer. Alice betrat dieses eine halbe Sekunde später. „Ein fliegender Wechsel, oder was?", witzelte ich. „So in etwa. Komm mit", sagte sie in ihrer kurzangebundenen Art und half mir vom Bett hoch. Sie trug mein weniges Hab und Gut aus dem Zimmer, während ich mich auf den Weg zum Stiegenhaus machte. „Brauchst du Hilfe?", rief sie mir hinterher, aber ich schüttelte nur überzeugt von meiner körperlichen Heilung den Kopf. Achselzuckend ging Alice ohne große Schwierigkeiten an mir vorbei und wartete am Fuße des Stiegenhauses. Unten angekommen wies man mich aus und drückte mir einen Schlüsselbund in die Hand. Ich inspizierte diese, bevor ich in Alices Wagen stieg und wir eine fünfminütige Fahrt zu meinem neuen Zuhause zurücklegten. Meine Wohnung befand sich in einer kleinen, ruhigen Vorstadt Bristols. Das Wohngebäude war unauffällig, weiße Fassade und ein kleiner Balkon. Und ich liebte es. „Alles okay?", fragte Alice und ich nickte. Ich hatte das Gefühl, dass unsere Unterhaltungen nur daraus bestünden, dass Alice eine Frage stellte und ich nickte. Aber vielleicht war das auch nur eine Einbildung. Sie geleitete mich ins Hausinnere und zeigte mir, wo mein Postfach sein würde. Nummer 6. Möge mir diese Zahl Glück bringen, dachte ich versonnen und dachte dabei kurz an Theo. Ein großer Fehler. Ich stellte mir vor, wie er meine Wohnung fände, wie er sich für mich freuen würde, wie er die Wände begutachten würde und immer einen kritischen Kommentar abpassen würde. Eine kleine Träne stahl sich aus meinem Augenwinkel und ich wischte sie ebenso verstohlen weg, wie sie gekommen war. Theo war nicht mehr hier. Und daran konnte ich nichts ändern. Ich betrat die Wohnung, muffiger Geruch schlug mir als Erstes entgegen. Ich wedelte mit meiner Hand. „Ja, du musst dringend lüften", stellte Alice fest und riss meine Fenster auf. Ich sah mich um. Der Eingangsbereich war klein. Weiße Wände mit kleinen Schnörkeln in der Ecke. Der Eingang mündete in den Wohnbereich und in die Küche. Das Schlafzimmer war in einem separaten Zimmer, gegenüber von der Küche. Das Badezimmer befand sich direkt neben dem Schlafzimmer. Insgesamt belief sich die Quadratmeteranzahl vermutlich auf nicht mehr als 40 Quadratmeter. Und das war auch gut so. „Gefällt es dir?", fragte mich Alice. „Ja, mir gefällt es sehr." „Du kannst natürlich alle Möbel austauschen und wechseln. Es wurde nur provisorisch aufgestellt, sodass du heute direkt hier schlafen kannst." Ich nickte glücklich. Ja, hier würde ich wohnen können. Alice stellte meine kleine Kiste ab, in der sich mein gesamtes altes Leben befand und schüttelte feierlich meine Hand. „Hier beginnt ein neues Kapitel deines Lebens. Mach etwas damit. Wir sehen uns morgen um 17:00. Im Kühlschrank findest du Essen, deinen Ernährungsplan hast du hoffentlich noch, ja?" Ich nickte. Alice hatte recht. Hier begann ein neues Kapitel. Und es lag in meinen Händen, was ich damit tun wollte. „Danke Alice", rief ich ihr hinterher, als sie die Tür hinter sich zuzog. Ob sie mich gehört hatte oder nicht, hoffte ich, dass sie wusste, wie dankbar ich ihr war.

Gabriel Elendor

Rechtsanwalt Kanzlei Bristol

„Hey Gabriel, könntest du mir die Informationen für das Gericht des Falls 409 ausdrucken, bitte? Danke.", tönte Ambers laute, helle Stimme durch den leeren Gerichtssaal. Amber war eine hervorragende Anwältin, versteht mich nicht falsch, aber sie war eine falsche Schlange. Sie manipulierte und log an den Grenzen des Gesetzes, sodass sie nie einen Strafeintrag erhielt, auch wenn sie das längst verdient hätte. Trotzdem gab ich die Daten des Falles in meinen Rechner ein und druckte die Informationen aus. Warum? Weil sie einen höheren Rang bekleidete und mich somit übel zurichten konnte, wenn sie der Meinung war, dass ich ihr schadete. Dieser Job hielt mich über Wasser und das war auch der einzige Grund, weshalb ich noch hier arbeitete. Ich hatte mich bei einer besseren Kanzlei beworben und war für nächsten Frühling angenommen worden. Bis dahin musste ich hierbleiben. Ich stand auf, schob den Stuhl zum Tisch und drückte Amber ihre Zettel in die Hand. Sie lächelte mich oberflächlich und falsch an und ich wendete mich einfach ab. Die Uhr zeigte 16:30 und ich packte mein Zeug in meinen Aktenkoffer und ging zu meinem Auto. Für heute hatte ich alle Aufgaben erledigt. Ich setzte mich in mein Auto und beschwerte mich lautstark über das miserable Wetter hier in Großbritannien, während ich losfuhr und die Scheibenwischer anschaltete. Anders konnte man bei diesem Wetter nichts sehen. Der Regen prasselte unentwegt vor sich hin, auch als ich aus dem Auto ausstieg und in geduckter Haltung zu meiner Wohnung lief. Fluchend riss ich mir die nassen Kleider vom Leibe, als ich die Haustür hinter mir schloss. Ich kontrollierte, ob alle Fenster zu waren und legte mich dann ins Bad. Meiner Meinung nach gab es nichts Besseres als nach einem langen, kalten Arbeitstag ein Bad zu nehmen. Ich stieg erst aus der Badewanne hinaus, als es eiskalt war und ich zu bibbern begonnen hatte. Ich tippelte auf Zehenspitzen in die Küche, um mir einen Tee zu machen. Erst dann zog ich meinen warmen Pyjama an und legte mich ins Bett. Nichts Besonderes. Nur ein normaler Dienstag.

Tag 26

Alina

Meine erste Nacht in der Wohnung war alles andere als bequem. Da ich noch immer Schmerzmittel zu mir nehmen musste, hatte man mir neben dem Bett einen provisorischen Port aufgestellt, um mir die Medikamentenzufuhr zu vereinfachen. Und auch wenn es die Sache deutlich einfacher machte, war es mühsam mir selbst jeden Tag eine Nadel in den Arm zu stechen und in regelmäßigen Abständen in der Nacht von einem Wecker geweckt zu werden, um zu versichern, dass die Zufuhr nicht versiegt war. In vier Tage wäre dieser Sache vorbei und ich konnte nicht beschreiben, wie dankbar ich war, dass mein Körper bald wieder gesund sein würde. Ich würde es nie wieder als Selbstverständlichkeit sehen, dass ich in der Lage war mich wieder frei zu bewegen. Meine Zeit im Krankenhaus war die reinste Qual gewesen. Was ich heute vorhatte? Vermutlich einkaufen. Ich blieb noch eine Weile im Bett liegen, bevor ich aufstand und überprüfte, was ich zum Frühstück zu mir nehmen sollte. Haferflocken, Himbeeren und Proteine. Ich überprüfte, ob ich alle Zutaten meines vorgeschriebenen Frühstücks hatte und atmete, erleichtert auf, als ich den Kühlschrank öffnete und mir keine gähnende Leere bot. Im Gegenteil: Mein Kühlschrank war voller Lebensmittel. Dann musste ich heute wohl doch nicht einkaufen gehen. Ich beschloss heute die Wohnung zu putzen und die Möbel umzustellen. Gesagt, getan. Ich schrubbte die Böden, so gut es mit meinen Transplanten ging und verschob mein Bett in die Ecke des Zimmers. Danach ließ ich mich erschöpft aufs Bett sinken. Ich hatte unterschätzt wie anstrengend physische Arbeit sein konnte. Im Nu war ich zurück in meinem Bett und somit auch in einen tiefen Schlaf gesunken.

Jennifer

Alice

„Hi Alice, könntest du deiner Patientin Alina ausrichten, dass ihre Krankenschwester einen schweren Skydiving-Unfall hatte und im Koma liegt? Denise wird sie noch bis auf Weiteres vertreten." „Was?" Ich spürte wie geballte Wut sich in meinem Inneren sammelte. Ein weiterer Unfall? Ich nickte schwer, wohl wissend, dass Alina diese Informationen nicht gut vertragen würde. Ausrichten würde ich es ihr trotzdem. Wie sie diese Neuigkeit wohl aufnehmen würde? Ich bedankte mich und ging zum Parkplatz. Dort stieg ich in mein Auto und fuhr zu Alina. Nur Sekunden nachdem ich geklingelt hatte, öffnete sie mir freudestrahlend die Tür. „Hi. Wie geht es dir?", begrüßte ich sie erfreut über ihre Begeisterung. „Gut, gut, danke. Komm rein", antwortete sie und geleitete mich ins Hausinnere. Ich staunte nicht schlecht. „Hast du die Möbel umgestellt?", fragte ich sie. Die Wohnung sah ein ganzes Stück einladender aus als gestern Mittag, Alina hatte auch frische Blumen am Küchentisch stehen. Sie nickte stolz und eilte los, so schnell es für sie ging und holte mir einen Stuhl. Wir setzten uns an den Küchentisch und ich sah sie ernst an. „Etwas ist vorgefallen, oder nicht?", fragte sie mit einer beunruhigten Stimme. Ich knetete meine Hände und nickte fest. Einmal einatmen, einmal ausatmen. So

142

ging das. Das Leben war nicht fair. Zumindest nicht zu Alina. „Leider muss ich dir mitteilen, dass Jennifer sich nicht mehr um dich kümmern wird. Sie verunglückte bei einem Fallschirm-Unfall und starb einen Tag darauf im Krankenhaus Edinburgh an einem Lungenkollaps. Ich sah, wie alle Farbe aus Alinas Gesicht wich und sie mich entgeistert anstarrte. Dann öffnete sie ihren Mund, als wolle sie etwas sagen. Wir verharrten einige Minuten in dieser Position, Alina war noch immer unfähig zu reden. Sie sank in sich zusammen und vergrub ihr Gesicht in ihren Händen. „Warum?", flüsterte sie kraftlos und schluchzte leise. „Warum ich?", sagte sie erneut. „Ich habe doch schon genug gelitten, oder etwa nicht?" Ich nickte schwer. Jetzt kamen die Fragen auf, die wir vor Wochen bereits besprochen hatten. Ich legte meine Hand auf Alinas Schulter, sagte aber nichts. Sie musste einen Weg finden, mit ihrer Trauer zurechtzukommen. Dabei konnte ich ihr leider nicht helfen. Ich hoffte und betete innerlich, dass sie nicht in die falsche Richtung abgleiten würde. Ich hatte das zu oft gesehen. Manchmal kam es sogar vor, dass meine Patientin den Anschein machte ihr altes Leben vergessen zu haben. Ich schob diese Gedanken weg. Aus genau diesen Gründen ging Alina schließlich noch zur Therapie. Und ich würde nicht zulassen, dass ihr dasselbe Schicksal widerfuhr, wie vielen vor ihr. „Und jetzt?", fragte Alina mit bebender Stimme. Ich sah ihr fest in die Augen. „Du lebst dein Leben weiter. Es ist tragisch, da hast du recht. Aber ändern kannst du nichts. Deshalb bin ich der Meinung, dass du dort weitermachst, wo du aufgehört hast. Bei dir und deiner Heilung. In Ordnung?", sagte ich und sah sie prüfend an. Sie befand sich in einer sehr misslichen Lage. Ein falsches Wort konnte hier genügen, um ihr Fass zum Überlaufen zu bringen und ihr ernsthafte Probleme zu bescheren. Und das hatte ich nicht vor. Alina nickte, nicht ganz überzeugt. „Okay", sagte ich und ließ das Thema damit fallen. „Heute möchte ich mit dir über deine Familie reden." Sie ging in eine offensichtliche Defensive. Antwortete nicht und tat so, als hätte sie mich nicht gehört. „Meine Familie?", fragte sie mehr sich als mich und mich beschlich ein furchtbarer Verdacht. „Ja, deine Familie. Kannst du mir etwas über sie erzählen?", fragte ich sie und hoffte, dass ich falschliegen würde. Sie legte ihren Kopf schief und dachte angestrengt nach. „Ich... Ich weiß nicht", flüsterte sie verunsichert. Ich ließ den Kopf sinken und öffnete traurig Alinas Krankenakte. Dissoziative Amnesie schrieb ich in leserlichen Buchstaben hin. Keinerlei Erinnerungen an ihre Familie und Verdrängung des Unfalls. Ich klappte die Akte zu und wandte mich wieder Alina zu. „Okay, dann komme ich morgen noch einmal, in Ordnung?" Sie nickte verwirrt. „Ist.. Ist etwas mit mir los?", fragte sie und sah mich ängstlich an. Ich schüttelte der Kopf. „Nein, alles ist gut. Alles wird gut." Ich drehte um und schloss leise die Wohnungstür hinter mir. Draußen lehnte ich mich kurz an die Hauswand. Das konnte doch alles nicht wahr sein. Jetzt, wo ich davon ausgegangen war, dass es Alina wieder besser ging, dass sie auf einem steilen Weg der Heilung war, passierte das. Hatte sie nicht schon genug gelitten, dachte ich verdrossen, während ich in mein Auto stieg und zurück zum Krankenhaus fuhr, um die Akte und den dazugehörigen Bericht abzugeben.

Tag 27

Alina

Mein Wecker schrillte um sechs Uhr in der Früh. Voller Enthusiasmus sprang ich auf, wohl wissend, dass ich heute zum ersten Mal arbeiten gehen würde. Wie versprochen stand Alice um sieben vor meiner Tür und fragte mich wiederholt, ob ich mich denn gut genug für die Arbeit fühlte. Ich bejahte, sehr aufgeregt und gespannt auf den kommenden Tag. Ich setzte mich zu Alice auf den Beifahrersitz und sie drückte aufs Gas. „Wann kommt Jennifer wieder?", fragte ich Alice, um ihren heißgeliebten Small Talk anzufangen. Ihr Gesicht nahm einen traurigen Ausdruck an und ich erkannte, dass sie innerlich mit sich kämpfte. Stirnrunzelnd sah ich sie an. „Was ist los?" „Nichts, sie kommt bald wieder", antwortete sie schnell und starrte geradeaus auf die Straße. Mir gefiel das Schweigen, Alice augenscheinlich nicht. Ständig blickte sie mich kurz an, als läge ihr etwas auf dem Herzen. Ich ignorierte sie gekonnt. Sollte sie es mir doch sagen. Nach einer halbstündigen Fahrt kamen wir in der Kanzlei an. Ich sah Alice grinsend an. Sie grinste nicht zurück. Auch gut, dachte ich mir verdrossen, davon überzeugt, dass ich meine gute

Laune beibehalten würde und stieg aus. „Danke", rief ich ihr noch hinterher, aber sie war bereits hinter der Ecke verschwunden. Ich zuckte mit den Schultern. Dann sollte der Small Talk einfach nicht sein, dachte ich mir und schulterte meinen leichten Rucksack. „Ausatmen, einatmen", erinnerte ich mich, während ich die große Glastür aufdrückte und den Eingangsbereich betrat. „Kann ich Ihnen helfen?", fragte mich eine Empfangsdame, die ich erst jetzt bemerkte. Peinlich gerührt stellte ich mich als Alina Strass vor und schüttelte ihre schweißnasse Hand. „Dritter Flur, rechts", sagte sie gelangweilt. Ich folgte ihren Anweisungen und passierte die großen Bilder berühmter Anwälte, bis ich an einer Tür ankam, an der „Anwälte ohne Spezifikation" stand. Zögerlich klopfte ich und trat, nachdem keine Antwort gekommen war, leise ein. Drinnen sah ich mich vis-a-vis mit einem jungen Mann, der sich soeben scheinbar einen Kaffee aus der Kaffeemaschine rausgedrückt hatte. Im Mund hielt er ein Croissant, so wie es Theo immer getan hatte. Theo? Wer war der nochmal? Ich kam nicht dazu, weiter in meinen Erinnerungen zu stöbern, da mich der Mann fragend ansah und seinen Kaffee absetzte. „Kann ich dir helfen?", fragte er, während er von seinem Croissant abbiss. Komisch, dachte ich mir. Ich war eigentlich davon ausgegangen, dass hier jeder jeden siezte. Ich beschloss die Titelei auch wegzulassen und fragte: „Ich… Ich habe hier einen Job. Bin ich hier richtig? Ich

147

heiße Alina Strass." „Du bist Alina?", fragte er ungläubig. „Und warum arbeitest du in diesem Drecksloch von einer Kanzlei, wenn du doch deine Prüfung mit Bestnoten bestanden hast?" Er lehnte sich lässig an die Arbeitsfläche der Küche, was allerdings nach hinten losging, da er seitlich wegkippte und hinfiel. Ich verkniff mir ein Lachen. Was meinte er mit dieser Aussage? „Was meinst du? Ich dachte, diese Kanzlei sei eine der besten in Bristol?" Diesmal war er es derjenige, der mich ungläubig ansah. „Beste? Nein, alles aber das nicht. Es mag ja sein, dass das Gebäude hübsch ist, aber hier arbeiten nur Leute, die es in der Rechtswissenschaft nicht weiter geschafft haben. Entschuldige bitte. Ich habe keine Manieren. Ich bin Gabriel Elendor, Rechtsanwalt." Er streckte mir freundlich seine Hand entgegen und ich ergriff sie zögerlich. Diese Begegnung war mehr als nur unangenehm. „Komm, ich zeige dir, wo du arbeiten wirst." Er führte mich aus der Küche hinaus in ein normales Bürozimmer mit zwanzig Schreibtischen, dicht an dicht aneinandergereiht. Mein Schreibtisch war scheinbar der allerletzte in der hintersten Ecke, da wir darauf hinsteuerten. Ich setzte mich auf den Stuhl und stand sofort wieder auf, weil ich mir ziemlich dumm vorkam. „Und was mache ich jetzt?", fragte ich den wieder enorm gelangweilt aussehenden Kollegen, der mit seinem Blick auf ein Stapel Papiere sah. „Ich sollte Büroarbeiten machen? Muss ich keine Klienten treffen?", fragte ich entgeistert. Er schüttelte seinen Kopf und wandte sich ab. „Hey!" Ich lief ihm verwirrt hinterher. „Ist das dein Ernst?" „Ja", sagte er schlicht und ging weiter. „Mach dir keine Hoffnungen so wie jeder vor dir. Dieser Job ist die Definition 0815. Gewöhn dich daran oder lasse dich versetzten. Abgesehen davon könnte es mich nicht weniger interessieren." Und damit verließ er den Raum, um sich vermutlich wieder seinen Kaffee zu holen. Ich ließ mich auf meinen Stuhl sinken und sah mich erst mal um. Abgesehen von den Standart-Bürokästen in denen derart unmotivierte Menschen arbeiteten, dass mir ein kalter Schauer den Rücken hinunterrann, erkannte ich nichts Besonderes. Ich widmete mich dem gigantischen Stapel Blätter, die voller Fälle und Anzeigen waren, die durcheinander waren - von Mord bis hin zu geblitzten Autos war alles dabei. Ich beschloss das Beste daraus zu machen und fing ganz oben an. Zuerst sortierte ich alles nach Anklage, dann nach ABC. Nach einer halben Stunde war ich klatschnass geschwitzt, aber glücklich. Ohne einer aufgeräumten Atmosphäre konnte ich nicht arbeiten. Ich fing beim Fall „1" an. Ich hatte beschlossen mein eigenes Ding zu machen, da die meisten Leute links und rechts von mir am Handy tippten oder am helllichten Tag schliefen. Von Gabriel war keine Spur. In dem ersten Fall ging es um eine ältere Dame namens „Eliza Harper", deren Auto vor fünf Monaten gestohlen worden war. Der Täter war inhaftiert worden, allerdings war ihr Auto nicht versichert gewesen. Die linke Fahrertür fehlte und nun stellte sich die Frage, wer diese zu ersetzen hatte. Ich schrieb in schön leserlichen Worten einen Bericht zusammen, um alles später noch im Blick haben zu können und las mir die Informationen, die mir boten, nochmal durch. Erst als ich mir einhundert Prozent sicher war, dass es sich hierbei um eine echte Person und einen echten Fall handelte, rief ich beim zuständigen Anwalt an, der bei der Verhandlung vor Ort gewesen war, die bereits vor drei Monaten stattgefunden hatte. Also fuhr die Dame entweder mit einem kaputten Auto durch die Gegend oder sie hatte sich ein neues Auto gekauft. Relevant für mich war nur die Aufklärung des Falles. Nach dem dritten Klingeln hob ihr Anwalt ab und erklärte, dass er Mittagpause habe und ich ihn gefälligst später anrufen solle. Erschrocken legte ich auf. War dieses unhöfliche Verhalten in der britischen Rechtswissenschaft üblich? Egal. Ich blickte auf meine Zettel.

Eliza Harper, 61 Jahre alt, keine sträfliche Voreintragungen,

Tatauto: BMW Z3, petrolblau, 50.000 Kilometer, 8 Jahre alt, ca. 15-20.000 Euro wert.

Täter: Erol Tristel, wurde bereits aufgrund mehrerer Diebstähle angezeigt, aber noch nie verhaftet, einjährige Gefängnisstrafe mit 20 Sozialstunden

Gesetz: Gemäß Paragraf 20 Absatz 2 heißt es, dass ein Sachverhalt beim Diebstahl erstattet werden muss, auch wenn der Voreigentümer/Eigentümer des Sachverhalts eine widerrechtliche Tat begangen hat.

Lösung: Der Täter erstattet der Frau die Fahrertür, allerdings muss sie für die Wertminderung selbst aufkommen und wird auch aufgrund ihrer unzuverlässigen Investition in eine Autoversicherung zur Rechenschaft gezogen.

Ja das passte. Zufrieden unterschrieb ich die Akte und legte sie auf die andere Ecke meines leeren Tisches. Ich beschloss in dem Moment bei der nächsten Gelegenheit eine Topfpflanze zu kaufen, die in meinem Büro wachsen und gedeihen konnte. Dann wandte ich mich mit neuer Euphorie dem großen Papierstapel zu. Die oberste Akte war eine Unfallakte des Falles „2". Verletzung eines unschuldigen Passanten aufgrund einer Auseinandersetzung eines Polizisten mit einem bewaffneten Zivilisten. Dabei wurde dieser Passant von dem Polizisten angerempelt und zog sich eine Schulterverletzung zu. Nachdenklich begutachtete ich die gegebenen Informationen. Viele hatte ich nicht. Aber mit irgendetwas anfangen musste ich schließlich schon. In der Akte stand nicht einmal die Aussage des Polizisten drinnen, ob er den Passanten nun absichtlich geschupft hatte oder nicht, darüber konnte ich demnach nur spekulieren. Nur eine Nummer stand dabei. Ich überlegte kurz und beschloss dann, dass es einen Versuch wert war. Ich tippte die Nummer in dem veralteten Büro-Telefon ein, das laut quietschte, als ich den Anruf-Button drückte und den Hörer abhob. „Hallo?", meldete sich eine tiefe Männerstimme am anderen Ende des Telefons. Ich atmete erleichtert aus. Endlich ging jemand ran. „Hallo, hier spricht Alina Strass, Rechtsanwältin von der Kanzlei Downtown Bristol, ich hätte eine Frage zu Ihrem Vorfall mit einer Passantin, der vor EINEM Jahr passiert ist?", fragte ich fassungslos. Was war in diesem Department los, dass keiner es auf die Reihe brachte, sich um Dinge zu kümmern? „Ach meinten Sie den Vorfall mit der Passantin?", fragte er belustigt. „Ja, der liegt schon einige Zeit zurück. Wenn ich mich recht erinnere, wurde ich nicht einmal vorgeladen." Ich hörte sein Lachen am anderen Ende des Telefons und wurde unmerklich rot. „Ja, allerdings hätte ich einige Fragen zum Vorfall, wenn es Ihnen recht wäre." Ich hörte aus seiner Stimme heraus, dass es ihm nicht recht war, aber genau aus diesem Grund hatte ich eine Aussage und keine Frage formuliert. „Super, dann verlieren wir keine Zeit. Haben Sie den Passanten absichtlich oder aus einem bestimmten Grund angerempelt?", fragte ich mit der professionellsten Stimme, die ich zu bieten hatte. „Nein", antwortete der Mann und ich fragte mich just in dem Moment, weshalb ich diese Arbeit eigentlich machte. „Okay, dann zu nächsten Frage. Hat der Passant mit dir nach dem Unfall gesprochen oder dich angezeigt?" Ich fragte diese Frage explizit, da ich wusste, dass der Passant den Polizisten zwar angezeigt hatte, aber dieser vermutlich etwas zu verheimlichen hatte, wenn er diese Frage jetzt verneinte. Glücklicherweise war dies nicht der Fall und deshalb bedankte ich mich auch schnell wieder und legte auf. Dem Anschein zufolge hatte der Passant die Anzeige vor einem halben Jahr wieder zurückgezogen, also beließ ich es darauf und legte den Fall zu den Akten. Scheinbar war auch die Schulterverletzung verheilt. Für die Kosten war wohl auch der zuständige Polizist aufgekommen. Ich beschloss kurz, meine Beine zu vertreten und stand auf und suchte meinen Weg zu den Toiletten. Ich fand sie nach einer fünfminütigen Suche und richtete meine Haare zurecht. Es war aus irgendeinem Grund so einsam und leise in diesem Gebäude. Und das lag ganz sicher nicht daran, dass alle arbeiten. Nein. Im Gegenteil: Die meisten hörten Musik oder verkrochen sich mit einer Tasse Kaffee in einer Ecke des Büros. Arbeiten tat hier keiner.

Während der fertiggestellte Stapel immer mehr wuchs und die Sonne immer tiefer sank, merkte ich, wie ich langsam müde wurde. Die plötzliche Arbeit machte mir zwar Spaß, allerdings ermüdete sie mich extrem. Um kurz vor fünf, als alle bereits Schluss gemacht hatten und ihr Zeug zusammengepackt hatten, stand ich auf und suchte Gabriel. Mein Gefühl sagte mir, dass dieser Mann fortan mein Vorgesetzter war. Mit zwanzig gelösten Fällen ging ich stolz auf Gabriel zu und rückte ihm die Akten in die Hand. „Was ist das?", fragte er gelangweilt. „Meine heutige Arbeit.", sagte ich verunsichert. „Erstens: Warum bemühst du dich so sehr hier? Und zweitens: Wenn du schon so viel arbeitest, musst du die Akten auch alleine abgeben." Entschieden drückte er mir die Akten wieder in die Hand und verließ mich, wahrscheinlich um sich noch einen Kaffee zu holen. Kopfschüttelnd packte ich meine Sachen. Als ich das Gebäude verließ, wehte ein leichter Wind, die Sonne ging bereits langsam unter. Ich war nun beinahe ein ganzes Monat schon in Bristol. Weshalb eigentlich? Ich verstand nicht, woher diese plötzliche Wissenslücke kam. Alice wartete bereits in ihrem Auto auf mich und begrüßte mich mit einem breiten Lächeln. „Hey Alina, wie geht es dir?", fragte sie mich und half mir ins Auto. „Super", schwärmte ich. „Ich meine die Arbeitsmotivation war nicht unbedingt vorhanden, aber es hat mir sehr viel Spaß gemacht wieder rechtswissenschaftliche Arbeit zu erledigen." Ich sah einen leichten Schimmer der Trauer in Alices Augen aufblitzten. „Ist alles in Ordnung?", fragte ich sie einige Dezibel leiser. Alices Verhalten mir gegenüber war sehr komisch. Sie nickte und sah mich traurig an. Wir fuhren los und verbrachten die restliche Fahrt in unangenehmem Schweigen. Alice setzte mich zuhause ab, erinnerte mich daran, mich an den Ernährungsplan zu halten und wünschte mir eine gute Nacht. Etwas ratlos über ihr Verhalten stand ich dann an der dunklen Straßenseite und zwang mich dazu, in meine Wohnung zu gehen. Als ich aufschloss, schlug mir ein kalter Wind entgegen. Augenscheinlich hatte ich vergessen in der Früh die Fenster zuzumachen. Ich aß mein bereits von meinen Ärzten zubereitetes Abendessen und ging dann sofort zu Bett. Morgen wollte ich allen beweisen, dass ich eine gute Anwältin war, dass ich es verdiente respektiert zu werden. Mit diesem Gedanken fest umklammert, schlief ich ein.

Tag 28

Alice

Alina war wie ausgewechselt, deshalb sagte ich ihr nicht, dass sie vermutlich noch weitere langwierigere Behandlungen vor sich haben würde. Ich hoffte noch immer, dass es sich bei meinem Verdacht um einen Fehler handelte. Auch wenn ich wusste, dass ich so gut wie nie Fehler machte. Alina hatte es verdient glücklich zu sein. Und auch wenn das hieß, dass sie den Unfall vergaß. Sie wusste nicht, was passiert war und so konnte sie auch nicht trauern. Physische Verletzungen würden dadurch vielleicht sogar schneller geheilt werden. Eine dissoziative Amnesie war trotzdem ein großes Ding. Und sollte auch nicht unterschätzt werden. Ich hatte meinen langjährigen Kollegen in London kontaktiert, der mir dazu geraten hatte auf mein Bauchgefühl zu hören. Also tat ich das. Um sieben holte ich wieder die völlig ausgewechselte Alina bei ihrer Wohnung ab und erklärte ihr, dass sie ab morgen mit ihrem eigenen Wagen zur Arbeit fahren würde, da ich für drei Tage nach Mailand fliegen musste.

Alina

„Guten Morgen", sagte ich laut durch das gesamte Bürogebäude. Vereinzelte Blicke sahen zu mir hoch – die meisten allerdings ignorierten mich, bewusst oder unbewusst. Ich machte mir nichts draus und setzte mich an meinen Desk. Mittlerweile war ich bei Fall „23". Ein junger Mann hatte eine Dame ausgeraubt, gab allerdings im Verhör seinen Boss auf und wurde kurz darauf von diesem kaltblütig ermordet. Die gestohlenen Diamanten der Frau wurden nie gefunden und nun stellte sich die Frage: Wer ersetzt das gestohlene Gut im Wert von 34.000 Euro? Ich überlegte kurz, sprang von einer Konklusion zur nächsten, bevor ich die Akte unterschrieb und in die Ecke meines Tisches legte. Um mich herum merkte ich, wie die Stille allmählich verschwand. Hektisch wurden Blätter aus dem Schreibtisch geräumt, die Handys verschwanden mitsamt den Kaffeetassen. Interessiert sah ich mich um. Was ging hier vor sich? Diese Frage sollte mir kurz darauf beantwortet werden, als eine hochgewachsene Frau mit stark geschminkten Augen und gezupften Augenbrauen auf Stilettos in den Raum tanzte und uns alle prüfend ansah. „Was ist das?" sagte sie mit einer hochnäsigen, unausstehlichen Stimme und deutete mit ihrem manikürten Finger auf eine Kaffeetasse, die jemand vergessen hatte von seinem Tisch zu verräumen. „Du bist gefeuert!", fauchte sie den armen Mann an und inspizierte die anderen Tische. Vor meinem Tisch blieb sie außergewöhnlich lange stehen. „Wer bist du?", zischte sie und es kam mir mehr vor wie ein Vorwurf als eine Frage. „Alina Strass", fauchte ich im selben Tonfall zurück. Was fiel dieser Dame hier ein. Meinetwegen konnte sie beim Supreme Court of Justice arbeiten oder sonst wo, aber das erlaubte nicht ihr unmögliches Verhalten. Sie hob ihre rechte Augenbraue und stöckelte dann ohne ein weiteres Wort weg. „Wer bist du?", rief ich ihr noch hinterher. Sie drehte sich, mit den Augen zu Schlitzen verengt wieder zu mir um. „Bald deine ehemalige Vorgesetzte, wenn du nicht anfängst mich zu siezen!" Wow, okay. Jetzt hatte ich die Bestätigung. Es wurde viel Wert auf die Titelei gelegt, nur nicht im Büro. Mich mit ihr anlegen konnte ich ein anderes Mal. Für heute wollte ich noch hier arbeiten. Meine augenscheinliche Vorgesetzte verließ den Raum wieder und ich konnte erleichtertes Aufatmen von jeder Himmelsrichtung vernehmen. „Wer war das?", fragte ich. „Amber Bell, kein Talent für Rechtswissenschaften, aber ihr Vater ist sehr bekannt. Deshalb darf sie uns aufziehen und herumkommandieren.", sagte eine leicht vernehmbare Stimme links neben mir.

Gegen Mittag hatte ich weitere fünfzehn Fälle erledigt. Inzwischen machte mir die Arbeit wirklich Spaß. In der Mittagspause blieb ich länger im Büro, um an einem etwas größerem Projekt zu arbeiten, wenn man das so sagen konnte. Es handelte sich hierbei um ein Attentat, dass auf einen jungen Mann verübt wurde, der daraufhin im Krankenhaus an den Folgen einer inneren Verblutung starb. Der Täter konnte nie gefasst werden. Sein Mittäter wurde allerdings ein Jahr nach dem Vorfall gefasst, allerdings konnte man ihm bis auf ein Geständnis, welches seiner Aussage nach erzwungen war, nichts Handfestes nachweisen. Ich grübelte, überprüfte mein kleines Gesetzbuch und kam nach zwei Stunden zu einer Lösung. Das berauschende Gefühl jemandem geholfen zu haben, in diesem Fall der Familie des Verstorbenen, war wunderbar. „Hey, was machst du noch hier?", tönte Ambers laute Stimme durch das leere Bürogebäude. „Versuchst du etwas zu klauen, denn sollte dies zutreffen..." „Nein", fiel ich ihr ins Wort. „Ich bin hier scheinbar die Einzige, der die Arbeit wichtiger ist als eine verlängerte Mittagspause!", fauchte ich verärgert. Dieses Kindergartenverhalten begann mich langsam aber sicher extrem zu stören. Ohne die zimperliche Dame weiter zu beachten, wandte ich mich wieder meiner Akte zu und unterschrieb das Gerichtsurteil. Ich wusste, dass ich vermutlich gerade das größte Verbrechen beging, das in diesem Department je passiert war und je passieren würde, allerdings hatte ich nicht die Kraft mich tagtäglich von einem privilegierten Mädchen unterdrückt zu werden. Lieber war ich arbeitslos. Der jungen Frau fehlten augenscheinlich, beziehungsweise ohrenscheinlich die Worte, da ich sie ja nicht ansah. „Gibt es sonst noch weitere Fragen? Sonst würde ich nämlich gerne weiterarbeiten", sagte ich in demselben zuckersüßen Tonfall, den sie soeben bei mir angewendet hatte. Sie merkte, dass ich sie mit ihren eigenen Waffen geschlagen hatte und wurde kirschrot, was ich sah, als ich kurz aufsah. „Ich…. Du", sagte sie nur und drehte um. Ich hörte nur noch ihre lauten Pumps, mit denen sie durch den Flur rannte, vermutlich um sich sofort bei ihrem Daddy zu beschweren. Ich grinste. Welch ein trauriges Leben sie führen musste. Immer im Schatten seines Vaters zu stehen und wissen zu müssen, dass man nur in dieser Position war, da die Familiengeschichte bevorzugt wurde. Da ging es mir deutlich besser.

Tag 29

„Guess who´s back, guess who´s back", tönte Eminems Rappstimme durch das Auto. Erschrocken drehte ich das Radio leiser. „Oh Gott", murmelte ich leise. Wann war es das letzte Mal gewesen, dass ich mit einem Auto gefahren war? Vorsichtig drückte ich aufs Gas und fuhr langsam los. Ich musste mich zuerst wieder an die Lenkung der britischen Autos gewöhnen und schaltete aus Versehen statt dem Blinker die Scheibenwischer an. Als dann auch noch ein anderes Auto hinter mir ungeduldig hupte, tickte ich kurz aus. Endlich in der Arbeit angekommen, parkte ich ungeschickt und stieg aus. Es fühlte sich so an, als hätte ich schon immer hier gearbeitet. Um ehrlich zu sein, überraschte es mich, dass mich Amber nicht schon längst gefeuert hatte. Aber das war ja wohl ihre Sache. Ich setzte mich an meinen Tisch und fing wie gewohnt mit meiner Arbeit an. „Was hast du getan?", flüsterte meine Sitznachbarin leise und deutete auf Amber, die weinend mit einem großen, strengen Mann diskutierte, der vermutlich ihr Vater war. Die beiden zeigten abwechselnd auf mich. Ich zuckte nur mit den Schultern. Wenn, dann würde ich mit Würde gehen, dachte ich mir verdrossen. So weit würde es gar nicht erst kommen, da Ambers Vater abwinkte und die Tür des Besprechungszimmers aufstieß und auf mich zuging. Oh Gott, dachte ich mir

161

noch. „Bist du Alina Strass?", fragte mich der große Mann mit einer deutlich weicheren Stimme, als ich von ihm erwartet hätte. Zögerlich nickte ich. „Ah, wunderbar." Er klatschte in die Hände und sah sich um. „Hört bitte alle einmal her.", sagte er an die Menschenmenge in den kleinen Bürovierecken neben mir gerichtet. Oh nein, dachte ich mir erschrocken. Würde er mich nun öffentlich blamieren, dafür, dass ich seine Tochter ins Lächerliche gezogen hatte? „Ich möchte euch eine Inspiration, ein Idol vorstellen. Alina Strass, stehen Sie bitte auf." Mit hochrotem Kopf folgte ich seiner Aufforderung und hoffte, dass er etwas Nettes sagen würde. Auch wenn das vermutlich nicht unbedingt der Fall sein würde. „Diese Mitarbeiterin, die vor Kurzem noch im Krankenhaus gelegen ist und nun noch immer tagtäglich Medikamente zu sich nehmen muss, hat mit Bestnoten die Universität für Rechtswissenschaft in Wien abgeschlossen und beschenkt uns mit ihrer Präsenz. In nur zwei Tagen hat sie über fünfzig Fälle gelöst, mehr als das gesamte Department in einer ganzen Woche zusammen." Sein scharfer Blick glitt durch die Menge und ich merkte, wie mein Herz wieder etwas langsamer schlug. Er klopfte mir noch einmal auf die Schulter, was mich beinahe umschmiss und bedachte die anderen noch mit einem tadelnden Blick, bevor er umdrehte und zurück in den Flur stolzierte. Ich konnte über das Verhalten der Angestellten in diesem Gebäude nur den Kopf schütteln. Eine Person als lebenden Motivationsspruch zu verwenden? So kam ich mir nämlich im Moment vor. „Wie hast du das gemacht?", flüsterte dieselbe Dame von davor mir wieder ins Ohr. Wow, hier gab es wirklich keine Privatsphäre. Dass wir zusammenarbeiten, war hier anscheinend Grund genug, dass mich die Dame nach all meinen Tipps und Tricks fragen konnte. Nur hatte ich keine. Weshalb ich hier gelobt wurde, dass ich meine Arbeit tat, wunderte mich. Eine solch chaotische Arbeitsatmosphäre hatte ich noch nie erlebt. Und glaubt mir, wenn ich sage, dass ich wirklich schon überall gearbeitet habe. In Cafés, Restaurants, Geschäften, diversem Einzelhandel und etlichen anderen Orten. „Keine Ahnung." Ich spielte die Ahnungslose und mein Plan ging auf. Die neugierige Engländerin drehte sich beleidigt wieder nach vorne. Dass mich der Chef angepriesen hatte, interessierte hier niemanden wirklich. Abgesehen von mir, arbeitete hier keiner. „Hey", zischte eine helle Stimme hinter mir. Ich drehte mich überrascht um, nur um noch überraschter in Ambers Gesicht zu blicken. „Was machst du hier?", zischte ich ebenso leise zurück und merkte, dass Amber die Finger auf die Lippen legte. Ich folgte ihrem Blick zu ihrem Vater, der wichtigtuerisch in einem der Glaskästen, der als „Besprechungsraum" gekennzeichnet war, telefonierte. Ich nickte und folgte ihrem Wink in einen separaten Raum, auch wenn ich nicht wusste, wohin ich mich hier ritt. „Was ist los?", fragte ich sie, wieder in einer normalen Lautstärke, da Amber die Tür behutsam hinter mir geschlossen hatte. „Ich... Ich muss mit dir reden.", druckste sie herum. Das glaubte ich ihr sogar. Sonst hätte sie mich wohl kaum in einer „Nacht und Nebelaktion" von meinem Schreibtisch weggelockt. „Also, was gibt's?", fragte ich sie, fest überzeugt, in zwei Minuten wieder an meinem Schreibtisch zu sitzen. Ich arbeitete an einem sehr interessanten Fall, der von…. Okay, ich gab es ja zu. Ich schweifte ab. Fragend sah ich Amber an, die sich soeben gesetzt hatte. „Also ich brauche deine Hilfe. Ich möchte hier nicht mehr arbeiten. Aber solange mein Vater hier ist, möchte er nicht einsehen, dass diese Arbeit nicht das Richtige für mich ist." Ich lachte, verächtlicher, als ich es beabsichtigt hatte. „Und du möchtest was jetzt von mir?", fragte ich sie. „Wenn du gute Karten bei meinem Vater hast, könntest du ihn doch vielleicht überzeugen seine Stelle zu wechseln, oder ihn einfach feuern?" Ihre Stimme schwoll an zu einem viel zu hohen Dezibel. Was meinte sie? Ich sollte ihren Vater feuern? Ich war doch selbst kaum eine Angestellte. „Du weißt aber schon, dass das, was du mir hier vorschlägst, erstens nicht unbedingt legal und zweitens mehr oder weniger surreal ist?" Amber nickte gefasst. „Warum würde ich dir denn überhaupt helfen? Du willst mich scheinbar doch nur loswerden." Ihre Schultern sanken vor und mit einem Mal sah sie so müde, so voller Trauer aus, dass ich einen Anflug von Mitleid für die gleichaltrige Frau empfand. Aber auch nur für einen kurzen Moment. „Ich weiß, aber ich halte es hier einfach nicht mehr aus." Das Mitleid kam zurück und ich kämpfte mit allen Mitteln um meine gleichgültige Miene. Ich musste ihr nicht helfen. „Es würde natürlich auch etwas für dich rausspringen?", fügte sie hinzu und ich wurde hellhörig. Normalerweise bin ich nicht ein Mensch, der sich leicht von materiellen Gütern erpressen lässt, allerdings habe ich in den letzten Wochen so ziemlich alles verloren, was man als Mensch verlieren konnte. Ich überlegte einen Moment nach und entschied dann.

„20 Ways to be yourself", las ich. Natürlich fragt man sich jetzt vielleicht, was ich gemacht habe. Ich kann es euch sagen. Ich hatte mich dazu entschieden Amber eine Chance zu geben, auch wenn es mir nicht unbedingt gefiel. Ich stand in einem Bücherladen in der Innenstadt. Ich musste nachdenken, wie ich es am besten schaffen konnte, meinen eigenen Boss zu feuern. Ich schüttelte den Kopf. Ausgesprochen klang es noch ein ganzes Stück dummer, als ich es erwartet hätte. Egal. Dies spielte jetzt keine Rolle mehr, denn ich hatte eingewilligt. Nach einer halbstündigen Suche nach guten Büchern und etlichen etwas zu begeisterten Beratern, entschied ich mich für einen Adoleszenzroman, einen Krimi und natürlich, was nie fehlen durfte, eine romantische Komödie, ein Klassiker. Selbstverständlich hatte sich Amber bereit erklärt meinen kleinen Shopping-Trip zu sponsern. Und so ging ich von Geschäft zu Geschäft, von Country Road bis hin zu Coccinelle und Liu Jo war wirklich alles dabei. Ich kaufte Handtaschen, schöne Sommerkleider, auch wenn ich von diesen hier in England nicht viel Gebrauch machen konnte und kaufte auch elegante Blusen und Anzugsjacken. Das Anziehen ist das A und O, hatte Alice immer gesagt. Sie adressierte sich selbst, als äußert elegante und eloquente Frau. Das stimmte auch. Zufrieden eilte ich zurück zum Auto, da ich nur eine einstündige Mittagspause hatte und so in zehn Minuten wieder im Büro sein sollte.

Tag 80

Am nächsten Tag begann ich mit Teil 1 Phase 1 meines Planes. Für die erste Phase benötigte ich ein Blatt Papier und einen Stift. Ich besorgte mir beides von Amber, die scheinbar gewillt war, mir alles bereitzustellen, was ich zum Erfüllen meines Planes brauchte. Ich stand eine Stunde früher auf als sonst und setzte mich an den leeren Küchentisch und begann zu schrieben.

Phase 1

Mr. Bell muss gefeuert werden/kündigen.

Frage: Wie stelle ich das an?

A: Ich spreche mit seinem Vorgesetzten, dem Bundesrichter

B: Ich werde noch besser und bekannter als er und feuere ihn

C: Ich schicke ihm eine anonyme Drohnachricht

D: Zuerst B, dann A und dann C

Finale Entscheidung: D

Step 1: Wir müssen besser werden als Mr. Bell. D. h. wir müssen mehr arbeiten. Überstunden werden gemacht und täglich nehme ich mir vor, mindestens 50 Fälle zu lösen.

Ich ließ den Stift sinken und las mir den ersten Schritt der ersten Phase mehrmals durch und schickte dann ein Foto des Planes zu Amber. Sie antwortete nur wenige Sekunden später mit einem grinsenden Emoji und einem Daumen-Hoch. Ich wertete das als das Startsignal ihrerseits und legte los.

Der Tag war mehr als anstrengend. Ich vergaß immer, dass ich eigentlich physisch noch extrem beeinträchtigt war. Dies hielt mich allerdings nicht davon ab, meinen Plan auszuführen. Step eins war erfolgreich. Alles zahlte sich aus, als ich Mr. Bell am Abend 50 gelöste Fälle in die Hand drückte, die er mit einem anerkennenden Blick wertete. Und auch wenn Amber und ich uns in der Öffentlichkeit nie sehen ließen und keinem den Zweifel davon nahmen, dass wir uns verabscheuten, texteten wir mehrmals täglich. Meine „Partnerin in Crime" war hellauf begeistert davon, was ich auf die Beine gestellt hatte und um ehrlich zu sein, machte mir die ganze Heimlichtuerei ziemlich Spaß. Es verlieh dem „langweiligen" Beruf den richtigen Adrenalin-Kick.

Tag 31

Am Vormittag des Samstages, als ich gerade einen meiner Pläne überarbeitete, klopfte es laut an der Tür. Wer konnte das wohl sein? Ich spähte durch den Türspion und bekam einen riesigen Schrecken, als ich erkannte, wer hinter der Tür stand. Denise und ein paar weitere Ärzte. Wir hatte uns darauf geeinigt heute einen Ganzkörper-Checkup zu machen, um sicher zu sein, dass ich physisch in der Lage war zu arbeiten. Sie würden sofort wissen, dass etwas im Busch war. Schnell stopfte ich die Blätter und Skizzierungen meines Planes hinter die Couch, da mir auf die Schnelle nicht besseres eingefallen war. Ich öffnete mit einem nervösen Grinsen die Tür und bat die Vier hinein. „Wie lange wird das dauern?", fragte ich Denise mit einem unschuldigen Lächeln, als hätte ich nicht gerade geplant, wie ich am besten meinen Chef feuern konnte. „Nur eine halbe Stunde", antwortete sie und bat mich, mich hinzulegen. Ich folgte ihrer Aufforderung. Als Erstes leuchtete Denise in meine Augen, Ohren und sah sich meinen Hals näher an. Dann injizierte sie eine fingerbreite Nadel oberhalb meiner Armvene und machte eine Blutabnahme. Ich kannte das Prozedere bereits aus dem Krankenhaus und blieb ruhig. Nach einer halben Stunde entfernten sie die Injektion und verabschiedeten sich. „Ich komme morgen gegen neun noch einmal vorbei, in Ordnung?", sagte Denise zur Verabschiedung. Ich nickte, noch etwas benommen von der Blutabnahme. Ich schloss die Tür schnell hinter ihnen und hörte sie noch den gesamten Flur hinunter reden. Ich verdrehte die Augen. Weshalb waren die Engländer so extrovertiert? Auf der einen Seite gefiel mir die Art des Umgangs miteinander sehr, auf der anderen Seite war ich für Small Talk einfach nicht gemacht. Ich holte die Zettel hinter der Couch wieder hervor und strich sie glatt. Dann atmete ich einmal tief ein und setzte mich wieder an den Küchentisch. Heute hatte ich viel zu erledigen.

Tag 82

Ich wachte durch das laute Geräusch der Vögel in meinem Vorgarten auf. Ich streckte mich, meine Glieder waren eiskalt. Verschlafen rieb ich mir die Augen und sah mich um. Ich war doch tatsächlich gestern am Küchentisch eingenickt. Ich schüttelte meinen Kopf. So würde es mir sicher kein Stück besser gehen, wenn ich am Tisch schlief. Über meinen gesamten Arm zogen sich lange Striemen von der Hand bis zur Schulter, die daraus entstanden waren, dass ich mich während des Schlafens vermutlich viel bewegt hatte. Ich blickte auf meine Uhr und sprang vor Schreck halb in die Luft. Fünf vor neun. In fünf Minuten stünde Denise vor der Tür! Ich zog mir im Rennen ein neues T-Shirt an und putzte mir in Rekordzeit die Zähne. Drei Minuten waren es nicht mehr, aber definitiv besser als nichts. Dann holte ich schnell mein zubereitetes Frühstück aus dem Kühlschrank und schaufelte mir die Haferflocken mit aufgekochten Leinsamen in den Mund. Kauend verstaute ich die Zettel von gestern erneut hinter der Couch, da mir auf die Schnelle nichts anderes mehr einfiel, als es klopfte. Ich verschluckte mich beinahe an einer Haferflocke und wrang keuchend nach Luft. Dann setzte ich die Schüssel ab und öffnete Denise die Tür. „Hi, wie geht es dir?", fragte sie erfreut, ergriff meine Hand und schüttelte sie etwas zu lange für meinen Geschmack. Ich lächelte sie zuckersüß an, um ja keinen Verdacht zu wecken. Sie konnte diejenige sein, die mich wieder zurück ins Krankenhaus beförderte. Also wegen meines Verhaltens, nicht weil sie vorhatte mich zu verletzen. Egal. Ich geriet in Erklärungsnot und bat die junge Frau herein. Sie setzte mir einen Tee auf, auch wenn ich ihr ausdrücklich sagte, dass ich nicht der größte Tee-liebhaber war. „Unsinn", sagte sie und schenkte aus. „Jeder mag Tee" Damit war mein Schicksal besiegelt. Wir setzten uns an den Tisch, an dem ich vor zehn Minuten noch geschlafen hatte. Denise fragte mich Löcher in den Bauch. Wie es mir denn ging, wann Alice zurückkommen würde, wie es mir in meiner neuen Arbeit gefiel et cetera. Ich beantwortete alles und kam mir vor, als wäre ich bei einer Talkshow. „Gut, dann muss ich leider wieder heim.", sagte Denise nach einer halben Stunde und sah mich mitleidig an. „Falls du heute noch etwas Gesellschaft brauchst, kannst du gerne im Krankenhaus anrufen. Sie werden dir dann jemanden schicken." „Ach nein, danke, ich habe für heute schon etwas vor.", antwortete ich und wünschte, ich hätte einfach nichts gesagt. Jetzt lehnte sich die junge Krankenschwester interessiert an den Küchentisch und fragte mit glänzenden Augen: „Was machst du denn heute?" Ich geriet erneut in Erklärungsnot. „Ich.. Ähm.. Ich möchte spazieren gehen.", sagte ich kurzerhand, da mir nichts Besseres einfiel. Erfreut lächelte mich

Denise an. „Das hört sich doch gut an. Und ich wünsche dir einen schönen Start in die Woche!"

„Guten Morgen Alina", begrüßte mich meine Sitznachbarin erfreut, als ich mich setzte. Verwundert sah ich sie an. Sie hatte ihr aufgesetztes Zahnpasta-Lächeln angeknipst und strahlte mich an. Dieselbe Reaktion bekam ich von drei anderen Mitarbeitern auch. Verwirrt holte ich mein Handy raus und textete „Was hast du gemacht? Jeder ist so freundlich zu mir?" an Amber, die innerhalb von einer Minute zurückschrieb. „Ich versuche dir zu helfen", schrieb sie. Ich zuckte die Schultern und steckte das Handy weg. „Hey Alina, was geht?", fragte mich eine lässige Stimme von der Seite. Ich drehte mich nach links, nur um in Gabriels Augen zu sehen. „Was machst du hier?", fragte ich ihn, überrascht, den jungen Mann im Büro zu sehen. „Ach", sagte er und zuckte mit den Schultern. „Weißt du ich denke, dass du einen guten Job machst. Ich wollte dich einfach dafür loben, dass du gegen Amber rebelliert bist. Dank dir ist der Kaffee nun kostenlos." Seine Augen nahmen einen glänzenden Anschein an. Ich verdrehte die Augen. Das war der Grund, weshalb man mich mittlerweile respektierte? Wobei ich auch zugeben musste, dass vier Pounds viel zu viel waren für einen Cappuccino. Ich verschränke meine Arme vor meiner Brust. „Gern geschehen. Kann ich jetzt weiterarbeiten?", fragte ich ihn und versuchte an ihm vorbei zurück zu meinem

Tisch zu gehen. Er ließ mich, aber ich merkte seinen brennenden Blick noch lange auf meinem Rücken. So ganz wurde ich aus Gabriel nicht schlau, das musste ich ihm lassen.

Alice

Hi Alice! Wie schön dich mal wieder zu sprechen!", hörte ich Collins Stimme mit einem breiten Lächeln im Gesicht durch den Hörer. „Wie lange ist es her?", fragte er und ich unterdrückte ein lautes Aufseufzen. Ich wusste ja, dass ich als Britin oft Small Talk führte, aber die Amerikaner brachten das Konzept auf ein ganz anders Level. „Warte, ich unterbreche dich jetzt", sagte ich, um ihn aufzuhalten, sonst würde ich morgen noch hier sitzen. Und das war wichtig. Sehr wichtig. Die letzten zwei Tage hatte ich keine Zeit für dieses äußert wichtige Gespräch gefunden. Ich schilderte meinem alten Kollegen aus Amerika meine missliche Lage und erklärte ihm, welche Vermutung ich hegte. Er bestätigte mir meinen schlimmsten Verdacht und bat mich, mich weiter zu erkundigen. Mit einer Grabesmiene legte ich auf, wohl wissend, dass die Informationen, die ich soeben erhalten hatte, ein Leben retten oder zerstören konnten. Und ich ganz alleine hatte diese große Wissensmacht. Wie würde ich handeln? Nein, wie sollte ich handeln? Das Schicksal lag in meinen Händen und ich wusste beim besten Willen nicht, was ich machen sollte. Die Schuld nagte an mir. Hätte ich es bloß früher gewusst. Hätte, hätte Fahrradkette. Jetzt musste ich das Beste daraus machen.

„Hast du Bock heute essen zu gehen?", textete mir Gabriel um kurz nach sieben am nächsten Tag, als ich gerade im Berufsstau stand. Ich griff verschmitzt nach meinem Handy und antwortete mit einem Daumen-Hoch. Dann war also gestern doch etwas im Busch gewesen, dachte ich mir. Wahrscheinlich hatte er sich nicht getraut persönlich nach einem Date zu fragen. In meinem Hinterkopf poppte eine Erinnerung auf. Ich sollte nicht auf ein Date gehen. Ich musste trauern. Weshalb, wusste ich nicht mehr. Also konnte es nicht wichtig sein, dachte ich mir verdrossen, genervt von meinen absurden Gefühlen. Der Stau löste sich auf und ich konnte weiterfahren. Gott sei Dank. Phase 2 meines Planes konnte beginnen. Mich als beste Repräsentative der Firma zu präsentieren. Und das vor den Inspektoren. Wenn ich bei ihnen gute Karten hatte, stand der dritten Phase nichts mehr im Wege. Und genau aus diesem Grund machte ich mich jetzt bereits schon auf den Weg in die Arbeit. Ich fing normalerweise erst um neun an, hatte zum heutigen Anlass allerdings beschlossen mindestens eine Stunde früher zu starten. Gesagt, getan. Ich erreichte um kurz vor acht das Bürogebäude und war bis auf Mr. Bell ganz alleine in der riesigen Kanzlei. „Guten Morgen Alina. Sieht ganz so aus, als würdest du mir meinen Workaholic-Platz streitig machen. Bald kann ich mit dir um die Vorgesetztenwahl kandidieren." Er lächelte butterweich und ich erwiderte seine Geste zuckersüß. Wenn er bloß wüsste, dass ich ihm dicht auf den Fersen war, dachte ich mir und wandte dem großen Mann meinen Rücken zu. Denn auch wenn ich wusste, dass ich Amber nicht vertrauen sollte, würde ich ihrem Vater nicht einmal in die Nähe kommen wollen. Führungstechnisch war er anscheinend auch nicht so der Hit. Er habe mit zahlreichen Korruptionen in der Firma zu tun gehabt und sei nur noch wegen seines Titels und der langjährigen Familiengeschichte in der Rechtswissenschaft überhaupt noch in dieser Szene bekannt. Ich setzte mich an meinen Schreibtisch und legte direkt mit voller Motivation los. Mein erster Fall handelte von einer fahrlässigen Sachbeschädigung und wie ich mit einem Lächeln anerkannte, handelte es sich bei diesem Fall um ein genaues Duplikat einer Prüfungsfrage in meinem zweiten Staatsexamen. Das hieß, dass ich den Fall innerhalb von einem Bruchteil der eigentlichen Zeit, die ich normalerweise für einen solchen Fall gebraucht hätte, löste, was mich direkt zum nächsten Fall brachte. Bis Amber um halb neun im Hosenanzug durch die Tür trat und mir unauffällig ein anerkennendes Lächeln zuwarf, bewegte ich mich nicht vom Stück, in dem Wissen, dass die Inspektoren jeden Moment durch die Tür treten konnten. Eigentlich sollten wir „Normalsterbliche" gar nicht wissen, dass unsere

179

Arbeit inspiziert wurde, aber da ich nun die Aufgabe zugeteilt bekommen hatte, Ambers Vater zu feuern, durfte ich an diesen Privilegien teilhaben. Zumindest an ein paar. Ich lächelte nervös zurück, wohl wissend, dass der kleinste Ausrutscher ein Scheitern unseres Planes bedeuten konnte. Als die Inspektoren eine Stunde später eintraten, hörte ich um mich herum entsetztes Gemurmel. So wie es aussah, hatte Amber ihr Versprechen gehalten und nur mir von der Inspektion erzählt. Bis jetzt ging alles nach Plan. Ich tat so, als hätte ich die zwei jungen Männer nicht gesehen, die eintraten und schrieb weiter. Mittlerweile hatte ich bereits 30 Fälle gelöst. Ich war rundum zufrieden mit mir. Und während meine Arbeitskollegen in Erklärungsnot gerieten, konnte ich den Inspektoren stolz meine Arbeit vorweisen. „Na also", sagte der Größere der beiden. „Dass wir heutzutage in einer solchen Kanzlei überhaupt noch jemanden finden, der wirklich arbeitet. Sind das deine Fälle von der Woche?", fragte er mich und ich grinste verschmitzt. Innerlich hatte ich gehofft, dass er mir diese Frage stellen würde. „Nein, diese Fälle habe ich alle heute gelöst.", sagte ich mit stolzgeschwellter Brust. „Wirklich?", fragte der Kleinere und warf einen Blick in die Akten, um die Echtheit bestätigen zu können. „Wie heißt du?", fragte er mit neuem Interesse. „Alina Strass.", sagte ich und streckte ihnen meine Hand entgegen. Ich sah wie der Größere etwas auf sein Klemmbrett schrieb und jubilierte innerlich. Phase drei meines Planes konnte somit beginnen. „Alina", hörte ich eine mir sehr bekannte Stimme vom Eingang rufen. Ich drehte mich langsam um und sah mich Alice gegenüber. „Du musst bitte mit mir mitkommen", sagte sie und drückte den Inspektoren einen Zettel in die Hand. Dann packte sie mich entschieden an der Hand und brachte mich zu ihrem Auto. Nur dass wir nicht in ihr Auto stiegen. Zumindest ich nicht. Alice eskortierte mich mit gesenktem Blick zu einem Polizeiwagen, der etwas abseits des Parkplatzes stand und verließ mich. „Sie sind verhaftet im Namen des Gesetzes", sagte der größere der beiden Polizisten. „Wegen des Mordes an Jennifer, aufgrund Ihrer zu weit fortgeschrittenen und nie diagnostizierten dissoziativen Amnesie, die zum Tod von mindestens einer Person geführt hat. Alles, was Sie sagen, kann und wird gegen Sie verwendet werden." Ich starrte den Mann erschrocken an. Was hatte ich bloß getan?

Alice

Heute fuhr ich wieder zurück nach Bristol. Es musste heute geschehen und keinen Tag später, da ich nicht wusste, was sonst passieren konnte und ich es nicht darauf ankommen lassen wollte. Ich drückte aufs Gas, der Motor röhrte laut auf.

Als ich Alinas Namens schrie und sie sich zu mir umdrehte war ihr Blick anders. Kalter als sonst. Leer. Ihr Blick machte mir als Therapeutin, die jeden Tag mit manisch-depressiven, schizophrenen und Menschen mit einem Münchhausen-Stellvertreter-Syndrom zu tun hatte, um ehrlich zu sein, Angst. Wie hatte mir entgehen können, dass Alina psychisch ein extremes Problem hatte? Wie hatte mir ein solch wichtiges Detail entfallen können? Denn Alina hatte eine dissoziative Amnesie, die sehr weit vorgeschritten war, es bestand sogar die Möglichkeit, dass sie Jennifer in ihrem Wahn umgebracht hatte. Und ich hatte es die ganze Zeit über nicht gewusst.

„Wie würdest du Alina Strass beschreiben?", fragte ich Gabriel, einen Arbeitskollegen von Alina, mit welchem sie heute ein Date gehabt hatte. Die Polizei hatte sich bereit erklärt, meine Klientin, Alina, in eine Anstalt einzuweisen, wenn ich vorlegen konnte, dass sie wirklich an einer dissoziativen Amnesie litt. Also hatte ich mich dazu entschieden, alle Personen in ihrem näheren Umfeld zu befragen, schließlich war der mögliche Mord an Jennifer noch nicht widerlegt worden. Der junge Mann räusperte sich. „Ich.. Ich weiß nicht. Es ist so unglaublich, dass Alina ein ganz anderer Mensch ist, als die Person, die sie vorgab zu sein." Er ließ seine Schultern sinken und ich fühlte mit ihm. Dasselbe hatte ich verspürt. Wie hatte man diese tiefgreifende Störung nie bemerken, wie hatte ich sie nie bemerken können? „Als Alina ankam, war sie so nichts Besonderes gewesen. Ich hatte gedacht, dass sie sein würde, wie jeder andere in meinem Department, aber sie war.. anders. Sie begeisterte sich für ihre Arbeit, kam früher, machte mehr, ohne besser entlohnt zu werden. Ich hatte nicht einmal gewusst, dass sie bis vor Kurzem noch wegen eines Unfalls im Krankenhaus lag." „Warte einmal", unterbrach ich ihn. Er hatte es nicht gewusst? Hieß das, dass vielleicht keiner von ihrer Krankheit, ihren Verbrennungen je gewusst hatte? Ja, ich hatte gesehen, dass sich Alina langärmlige Kleidung angezogen hatte, aber ich war davon ausgegangen, dass ihre Mitarbeiter von ihrem Unfall gewusst hatten. Schließlich war es eine große Debatte gewesen, herauszufinden, ob sie überhaupt arbeiten dürfte. Wie hatte ich DAS bloß übersehen? Ich nickte dem Mann kraftlos zu. Er solle weiterreden. „Sie hat andere inspiriert mehr zu arbeiten, als das Minimum, um nicht gefeuert zu werden. Die Arbeit schien sie zu erfüllen. Sie schien…. immer das Richtige tun zu wollen. Entschuldige….. Ich… Ich kann das so nicht. Was hat Alina? Weshalb befragt man mich? Ich habe ein Recht zu wissen." Seine Stimme brach ab und er begann hemmungslos zu schluchzen. „Es.. Es tut mir leid", sagte er und es klang wie ein Vorwurf. Er stand auf, rannte raus, da er wusste, dass ich ihm keine Informationen geben konnte, und ich ließ ihn. Ich ließ ihn gehen, da ich so langsam auch anfing an mir selbst zu zweifeln. Was hatte ich bloß getan?

„Der Autopsie-Bericht ist angekommen", sagte der Polizeikapitän und drücke mir eine Akte mit einer entschuldigenden Miene in die Hand. Ich wusste was jetzt kam. Ich bedankte mich bei ihm und dachte nicht einmal daran nachzusehen, wie Jennifer gestorben war. Mir ging es in erster Linie darum, herauszufinden, was die dissoziative Amnesie vielleicht bei Alina, nein, bei meiner Klientin getriggert haben hätte können. Irgendetwas musste diese äußerst seltene psychische Störung in ihr Leben gerufen haben. Vielleicht sogar schon beim Unfall? Wie man mich informierte, wussten ihre Eltern noch nichts von alledem. Ich beschloss den Kapitän zu fragen diese schwere Last von meinen Schultern zu nehmen und ihre Eltern zu kontaktieren. Ich war am Boden.

„Amber Bell, wie würdest du Alina Strass beschreiben?", fragte ich die großgewachsene, junge Frau, 28 Jahre alt, wie ich an ihrer makellosen Akte ablesen konnte. „Ich weiß es nicht. Wir hatten nicht sehr viel miteinander zu tun gehabt." Ihre Stimme war leise, ihr Blick gesenkt. Nichts erinnerte mehr an die selbstbewusste Frau, die vor drei Minuten mit einem hochnäsigen Gesichtsausdruck in mein „Verhörzimmer" eingetreten war. Und damit deutete alles auf eine Lüge hin. Und das bei der einfachsten Frage. Ich schüttelte den Kopf. Wie konnten

Menschen denken, dass ich, als eine der besten Psychologinnen in England eine Lüge nicht von der Wahrheit entscheiden konnte? Es überraschte mich immer wieder aufs Neue wie ahnungslos Menschen sein konnten. Ich könnte ein Dutzend Dinge aufzählen, die auf eine Lüge hinweisen würden. Schweißtropfen an der Stirn, nicht haltender Augenkontakt, nervöses Zittern, abgelenktes Handeln etc. Ich könnte noch den ganzen Tag hiersitzen und euch mehr zur Verhaltenspsychologie erzählen. Aber ich habe das Gefühl, ihr seid wegen Alina hier. „Du weißt aber schon, dass ich als Verhaltenspsychologin erkenne, wenn du lügst, oder? Also frage ich dich noch einmal. Amber Bell, wie würdest du Alina Strass beschreiben?", sagte ich an sie gerichtet. Das Mädchen wurde erst kreidebleich, aschfahl und dann dunkelrot. „Ich.. Ich kann dich anzeigen. Ich kann dich ruinieren", stotterte sie hilflos, überfordert von meinem Statement. „Mach das", sagte ich. „Aber als Anwältin solltest du wissen, dass in diesem Verhörraum alles aufgezeichnet und analysiert wird, also würde ich dir raten fortzufahren." Ich nickte ihr zu. Diese Frau war mehr Arbeit als ich es von ihr erwartet hätte. „Unfassbar", zischte sie und rückte ihren Dutt zurecht. Ich verdrehte die Augen. „Wann auch immer du bereit bist", murmelte ich leise, mehr zu mir als zu ihr. Ihre Unterlippe bebte, aber ich fiel nicht darauf hinein. Nach dem Verhör würden die Frau und ich sowieso getrennte Wege gehen.

„Also", begann sie mit zitternder Stimme. „Ich möchte eigentlich nicht als Anwältin arbeiten und als ich dann gesehen habe, wie viel Spaß Alina die Arbeit gemacht hat, habe ich gedacht sie könnte mir einen Gefallen tun. Ich... Ich habe sie gebeten meinen Vater zu feuern, sodass ich nicht mehr als Anwältin arbeiten muss?" Die letzten Worte flüsterte sie nur noch und formte diese auch zu einer Frage um. Ich sah sie schockiert an. Sie hatte Alina gebeten ihren Arbeitsgeber zu feuern? „Und... Und wie habt ihr das angestellt, beziehungsweise wie wolltet ihr das bewerkstelligen?", fragte ich, noch immer schockiert. Mit dieser Aussage hatte ich nicht gerechnet. Im Vergleich zu Alinas anderen Aktionen, ihren anderen psychischen Störungen, um es mild auszudrücken, war diese Sache.... nun ja, zu banal, um es in Worte zu fassen. Man musste sich dieses Szenario vorstellen: Eine junge Frau vergisst ihre Familie und ihren verstorbenen Freund, tötet eine andere Person, aufgrund eines fehlwirkenden Schutzmechanismus in ihrem Gehirn und versucht dann ihren Chef zu feuern? Es war ein Mord, eine psychische, lebensverändernde Störung und ein Kindergartenstreich. Ich lachte kurz auf, so absurd erschien mir diese Vorstellung. „Ist das wahr?", fragte ich sie nach kurzem Überlegen. Sie nickte hastig. Nach weiteren zehn nervenauftreibenden Minuten entließ ich sie und widmete mich der letzten Person, die ich heute verhören würde. Alina.

Alina

Mein Kopf raste, als Alice eintrat und meinem Blick auswich. Sie setzte sich mir vis-a-vis und öffnete eine Akte. Meine Akte. Tief ein- und ausatmen, das hatte irgendwer einmal gesagt. Ich fühlte mich schrecklich, mein Schädel dröhnte, meine Hände zitterten. Alice war anders. Kälter. Was konnte ich bloß getan haben, um der selbstbewussten, jungen Frau jegliche Freundlichkeit, jegliches Verständnis genommen zu haben? Die Antwort sollte ich erhalten. Auch wenn sie mir nicht gefallen würde. „Alina Strass", sagte Alice, ihre Stimme klang fremd und leer. Mir traten Tränen in die Augen. Was hatte ich bloß getan? Alice ignorierte mich und fuhr fort. „Du wirst wegen Mordes an mindestens einer Person vor Gericht gerufen, es werden andere Taten vermutet. Wir werden jetzt gemeinsam die Vorfälle des letzten Monates besprechen, in der Präsenz deines Anwaltes. Sie winkte einen hageren, dürren Mann ins Zimmer hinein. Ich nickte, als hätte sie mir eine Frage gestellt. Mein Anwalt stellte sich in die Ecke des Zimmers, ohne mich auch nur einmal vorher gesprochen zu haben. Was war bloß aus mir geworden? „Wir fangen bei deiner Einweisung an. Du wurdest eingewiesen mit Verbrennungen zweiten und dritten Grades auf deinem gesamten Körper, du warst in einem Autounfall verwickelt, in dem dein Freund Theodore an den Folgen des Unfalles verstarb." Ich schluchzte laut auf. Theodore! Was? Wie? Tausend Fragen schwirrten in meinem Kopf umher. Weshalb hatte ich ihn vergessen? Kein einziges Mal hatte ich an ihn gedacht. Wie war das möglich? Ich heulte Rotz und Wasser, verstand die Welt nicht mehr. Alice scheinbar auch. Sie ignorierte mich dennoch gekonnt und fuhr fort. „Daraufhin wurdest du mehrmals operiert, deine Transplante wurden ohne Komplikationen eingesetzt." Ja, das wusste ich. Gott sei Dank. „Dir wurde eine Arbeit bei der Kanzlei Bristol Downtown aufgrund deines herausragenden Zeugnisses des letzten Staatsexamens in Wien angeboten, welche du annahmst." Ich nickte fest. „Du hast mit Frau Bell ausgemacht, dass du versuchen würdest ihren Vater zu feuern, da sie in ihrem Job nicht glücklich war, ist das richtig?" Ich nickte erneut. Woher wusste sie das? Hatte sie mit Amber gesprochen? Alice knetete nervös ihre Finger, eine Sache, die ich bei ihr noch nie gesehen hatte und sagte mit einer schweren Stimme: „Du wurdest wegen des Mordes an Jennifer schuldig befunden." Sie zog eine Akte aus ihrer Tasche und öffnete sie. Dann legte sie mir mehrere Fotos und einen Autopsie-Bericht vor mich hin und musterte mich. Ich sah mir die Bilder an. Was hatte ich bloß getan? Wer überhaupt war Jennifer?

Alice

„Sie kann sich an nichts mehr erinnern. Ich habe bei ihr die Diagnose „fortgeschrittene dissoziative Amnesie" festgestellt", berichtete ich dem Polizisten bedrückt. Er nickte fest. „Gut. Danke. Ab jetzt werden wir uns um sie kümmern. Bis morgen sitzt sie in Untersuchungshaft, allerdings sind die Fingerabdrücke am Fallschirm eindeutige Beweise, die gegen sie verwendet werden können und dies auch werden. Es tut mir leid. Nach diesen zwei Tagen wird sie auf unbestimmte Zeit in eine Anstalt eingewiesen werden." Mir wurde kalt und heiß zugleich. Das alles war meine Schuld. Ich hätte es wissen können. Ich hätte so viele Dinge anders tun können. „Es ist nicht deine Schuld", sagte der Polizist und legte mir seine Hand auf meine Schulter, als habe er meine Gedanken gelesen. Ich schüttelte den Kopf. „Doch.", antwortete ich trotzig und drehte mich um. Ohne mich umzusehen, rannte ich nach draußen und setzte mich in mein Auto. Und während tausend kleine Regentropfen an meinem Fenster hinunterrannen, merkte ich wie Tränen meine Wange hinunterkullerten. Ich machte mir nicht die Mühe diese wegzuwischen. Ich hatte versagt. Ich war indirekt für den Tod einer jungen Frau verantwortlich und es zerriss mich.

Epilog

Hallo liebe Leser,

Ich schulde euch allen eine Entschuldigung. Ich heiße Alina Strass und habe in meinem Leben sehr viel falsch gemacht. Manche würden sagen zu viel. Diesen Menschen würde ich zustimmen. Inzwischen sind mehrere Jahre vergangen. Ich habe aufgehört sie zu zählen. Was ich getan habe, ist inakzeptabel. Ich kann mich bis zum heutigen Tage nicht an meinen Mord an Jennifer erinnern, allerdings hat man mir die Filmaufnahmen gezeigt, in denen man mich sieht, wie ich Jennifers Fallschirm beschädigt habe. Ich denke, es ist besser, dass ich nun in einer Anstalt verweile. Hier geht es mir gut. Ich habe genügend Bücher, frische Luft, die freundlichen Engländer (an den Small Talk habe ich mich noch immer nicht gewöhnt) und ab und an besuchen mich meine Verwandten. Alice habe ich nie wieder gesehen. Ich würde ihr gerne sagen, dass es nicht ihre Schuld ist. Woher hätte sie es denn wissen sollen? Ich habe es selbst kaum gewusst. Theo habe ich nicht vergessen. Im Gegenteil. Ich denke jeden Tag an ihn, sein Lächeln und ich sehe mir Bilder von uns an. In Rom, in Wien, in der Uni etc. Inzwischen ist mir sein Gesicht wieder bekannt. In der Ecke meines kleinen Zimmers befindet sich ein kleiner Gedenkschrein für ihn. Als Anwältin darf ich leider nicht mehr arbeiten. Theo ist in Wien begraben worden, zu seiner Beerdigung habe ich leider nicht gehen dürfe, ich vermisse ihn schmerzlich, es tut mir alles so leid. Nach unserem Unfall bin ich zu einer anderen Person geworden. Dieser Brief wurde von mir an 16. 08. 2024 geschrieben, um euch etwas Klarheit zu verschaffen. Ich weiß, dass man mir vermutlich nie verzeihen kann. Das verstehe ich. Aber vielleicht bringt dieser kurze Brief, diese Geschichte, etwas mehr Verständnis in den Raum

Herzlichsten Dank,

Alina Strass

Danksagung

Liebe Leserschaft, möge sie auch noch so klein sein!

Danke, danke, danke für den unfassbaren Support eurerseits. Vor drei Monaten wäre die Idee, ein Buch zu veröffentlichen noch völlig unmöglich, gar surreal erschienen! Ein riesengroßes Dankeschön an meine ehemalige Deutschprofessorin, die mich noch immer unermüdlich unterstützt, ob das nun das Schreiben, das Philosophieren oder etwas anderes ist! Danke auch an meine Familie, Verwandte, Mitschüler, ehemaligen Mitschüler und allen anderen Beteiligten an diesem Buch! Ohne euch hätte ich diese Reise nie antreten können. Ein herzliches Dankschön an meiner ehemaligen Deutschprofessorin, die mich dazu motiviert und ermutigt hat, mein erstes Buch zu schreiben und zu veröffentlichen! Danke auch meinen Eltern, die diese gesamte Reise sowohl finanziert als auch unterstützt haben!

Über die Autorin

© Isabelle Bacher, 2024

Vivien S. Gföller wurde am 22. 01. 2010 in Innsbruck geboren und wuchs in einem nahgelegenen Dorf auf. Ihre Leidenschaft zum Schreiben entdeckte sie bereits sehr früh. Im stolzen Alter von nur neun Jahren schrieb sie händisch ihr erstes Buch. Ihr erstes publiziertes Buch heißt „Gen Süden" und wurde am 2. Juli 2024 veröffentlicht. In ihrer Freizeit liest Vivien sehr gerne und bildet sich freiständig auch weiter. Sie schreibt auch gerne Arbeiten zu psychologischen Themen und liebt es lyrische Texte zu verfassen. Abgesehen von dem deutschen Textwesen, liest und schriebt die zweisprachig aufgewachsene junge Frau auch gerne englische Texte. Zu ihren zahlreichen Hobbys gehören unter anderem auch das Reiten, welches sie regelmäßig ausübt.